Blanka Surbeck Chiozza
Es Mareili

Blanka Surbeck Chiozza
Es Mareili

Vorwort von Dr. Alfred Richli

MEIER BUCHVERLAG
SCHAFFHAUSEN

Wir bedanken uns für die Druckkostenbeiträge bei:

Schaffhauser Mundartverein
Kanton Schaffhausen
Schaffhauser Kantonalbank
Stadt Schaffhausen

© 2005 Meier Buchverlag Schaffhausen

Lektorat: Dr. Alfred Richli
Produktion/Layout: Saskia Langhart
Druck: Meier Waser, Schaffhausen
ISBN: 3-85801-117-7
       978-3-85801-117-6

Für meine Tochter Ruth

Inhalt

Vorwort — 9

So isch es gsii — 13

Und ammäg isch wiiterggange — 30

Lehrblätz — 43

Vom Räbwärch, vom Huushaalt und wa suss no goht — 61

Vom Verzie und vom Schtrooffe — 82

S goht obsi — 96

Uusgschuelet — 114

S tot weh, s Erwachsewäärde — 144

Vorwort

Wenn ein Buch ein halbes Jahrhundert nach seiner Entstehung erscheint, hat es ein widriges Schicksal überwunden: den Mangel an aufmerksamen Förderern, den Tod eines Verlegers und immer wieder die besondere Schwierigkeit jeder Dichtung, die sich nicht weltläufig gibt. Aber es muss auch ein besonderer Reiz in einem solchen Werk liegen, dass es überdauert hat und nun doch noch ans Licht kommt.

Die Geschichte einer Kindheit und Jugend im Klettgauerdorf Oberhallau ist einem hellhörigen Kreis allerdings nicht gänzlich unbekannt geblieben. Ab und zu hat die Erzählerin aus dem Manuskript vorgelesen, das sie in den Fünfzigerjahren, Abend für Abend nach einem jeweils vollen Arbeitstag in der Zuckerbäckerei Ermatinger, geschrieben hat. Und nie fehlte es ihr an aufmunternder Zustimmung. «Es Mareili» ist denn auch keine blosse literarische Figur, dazu ist es zu reich an geheimem Wissen, strotzt es zu sehr von prallem Leben. Ja, die Titelheldin ist niemand anders als das Mädchen Blanka Surbeck selbst, an dessen Weg sich die Schriftstellerin erinnert.

Was macht nun diese Autobiographie auf Anhieb so anziehend? Ist es das Staunen darüber, dass Lebensumstände, die wir weit in der Vergangenheit ansiedeln möchten, plötzlich so nah erscheinen? Dass das Los eines Bauernmädchens eben darin bestand, eine Bauersfrau zu werden und nichts anderes, dass Widerrede nicht geduldet wurde, dass da kein Platz für höhere schulische Bildung war, dass der Besuch der Realschule bereits als Luxus betrachtet wurde. Dies im Kanton

Schaffhausen, in einer Zeit, auf die sich die alte Generation noch zurück besinnen kann! Dass diese Einstellung jedoch wenig zu tun hatte mit einer Geringschätzung der Frau, sondern in jenem bäuerlichen Arbeitsethos begründet lag, das Albert Bächtold in seinem bitteren Humor zur Maxime der Klettgauer erklärte: «Wäärch, solang d wäärche chaascht, und wännt nümme chaascht, wäärch amäg (trotzdem).» So denken Vater und Mutter von Mareili, so denkt das ganze Dorf, so lernt es selber zu denken und seine Wünsche zu ersticken. Die Lehrer, die ihm auf Grund ihres Wissens beistehen müssten, die sich selbst in den Leistungen der begabten Schülerin sonnen, haben über das Schlussexamen hinaus keinen Einfluss. Der Pfarrer gar versagt kläglich; er, der über die Schwelle zum Erwachsenwerden führen sollte, verkennt nicht nur die geistigen Kräfte, sondern auch die seelischen Bedürfnisse der Heranwachsenden.

Da wird nicht eine «gute alte Zeit» geschildert; aber auch keine, über die wir uns erheben könnten. «Es Mareili» reiht sich nicht ein in die düsteren Milieuschilderungen, welche auf Abrechnung zielen und mit denen Büchergestelle zu füllen wären.

Die Episoden, die den Werdegang dieses Landkindes nachzeichnen, sind voller Heiterkeit. Sie schwimmen gleichsam in einer fröhlichen Grundstimmung, die nichts mit Ironie oder Galgenhumor zu tun hat. Die Schulabgängerin, die so gern studieren würde, statt dessen zum Rebenhacken abkommandiert wird, hat wohl Grund zum Heulen; aber der Vater schützt die Ausgeschulte immerhin vor der Schadenfreude der Schwester (die zuvor schon demselben Gesetz folgen musste), die Mutter bereitet ihr ein Festessen – und Mareili kann herzhaft mithalten. Dieses Ja zum Leben, wie es auch kommt, ist gewiss das Beglückende an diesem Buch. Möglich erscheint dieses Stehvermögen dank dem stabilen Netz einer unsentimentalen Liebe innerhalb der Familie und einer hohen Sensibilität für die kleinen Freuden, die der Alltag schenkt.

Zudem besitzt Blanka Surbeck Chiozza eine überquellende Erzählgabe. Wir glauben sofort, dass das unerschrockene Mareili an der Aufnahmeprüfung dem verblüfften Reallehrer die ganze Geschichte von Lugmerhuuse (Oberhallau) erklärte, dass es Schillers «Lied von der Glocke» ganz und so zu rezitieren wusste, dass alle Zuhörenden mitgerissen wurden und dass es Aufsätze schrieb, die den späteren Schülern als Muster vorgelesen wurden. Da gibt es keine Schreibtischgedanken und keine künstlichen Dialoge. Die Sprache fliesst ihr unmittelbar zu, weil diese als Muttersprache in ihr ist: die klingende, bilderreiche Mundart von Oberhallau.

Da werden die «u» vor «m» oder «n» noch wie bei den alten Hallauern gerundet zum «o». Wenn ein durchschnittlicher Schweizer «Sumer ume» geht, ist unter dem Lugmer ein voller «Sommer ome». Da «ergert» man sich aber auch, «denkt» heftig und hat «glenzigi Auge», während man anderswo dumpfer «dänkt», sich «ärgert», aber auch weniger hell «glänzt». Und die Wörter, welche dieses ganze frühere Leben präzis fassen! Da trinkt der Landmann noch seinen «Puurligäägger» (sauren Haushaltungswein) zum «Oosere» (im Freien eine Zwischenmahlzeit einnehmen); da liegt noch «Pmold» (bröcklige Erde) im Feld und an den Zwetschgenbäumen wachsen «Zwägschte»; da heissen Männer noch «Odem» (Adam) oder «Sachräis» (Sacharias). Das Buch verzichtet auf erklärende Fussnoten. Es ist eigentlich alles aus dem Zusammenhang heraus verständlich. Wer dennoch da oder dort zweifelt, sollte sich nicht scheuen, zum Schaffhauser Mundartwörterbuch zu greifen. Allen Leserinnen und Lesern sei jedoch geraten, laut zu lesen. Dabei kommt man der Schönheit dieses Werkes am nächsten.

«Es Mareili» ist weit mehr als eine hübsche Kindergeschichte. Es ist ein Entwicklungsroman von innerer Wahrhaftigkeit. Es ist im weiteren ein Appell zum Annehmen des Lebens auch unter harten Bedingungen und damit ein Heilmittel gegen Jammern und Selbstmitleid. Es erhellt ein Kapitel unserer jüngeren Kulturgeschichte und lehrt uns den Respekt vor der bäuerlichen Arbeit. Es ist zudem das Dokument der unverfälschten Redeweise eines Klettgauer Dorfes, die alles Menschliche auszudrücken vermag. Es ist ein musikalisches Sprachfest und, abgesehen von dem allem, das bedeutendste Stück Prosa, das je von einer Schaffhauser Frau in ihrer Mundart geschrieben wurde.

Alfred Richli

So isch es gsii

Am Müliwäg noo blüejed scho d Immergrüe und an Haselschtuude hanged totzeti gääli Rüüpli.
　Isch da aber en früene Früeling, tenkt d Bärte, wo d Müligass duruf chiichet. Si wett e weng i d Räbe; jedi Schtund möcht si no uusnutze. Wäär waass, wenns loos goht? Drüü Mäitli hät si im Auguscht, irem Maa, geboore und si wuurs im vo Härze gunne, wenns damol en Bueb gääb. Ganzi elf Johr sind sid em letschte Chindbett verbiiggange. Iez isch si schwäärfellig woore, d Ziit noochet. Drüümol mo si schtillschtoh, bis si unne-n-am Wingerte aachunnt. Si laat es Zoobedseckli in tünne Schatte vo-me Chriesbomm. Bletter hät er zwoor no kani, aber en ticke Schtamm, wo mit siine Zwiig voll Chnoschpe en Schatte würft, graad wen-en groosse Aarm mit hunderte vo Fingere. D Bärte wächslet de Schuurz und schtraapft iri Hutzle zwäg, wo-n-ere bem Pucke i di füecht Schtiirne vüregrutschet isch.
　Ka Mentscheseel om si ome. Wäär wett au so früe scho i d Räbe, chuum da s letscht Räschtli Schnee vergange-n-isch! Aber log au doo zue, es hät doch scho Pmold am Bode und d Füess bliibed waarm. Schtecked au i grobe Holzschuene. We schwääri Baa gääb da, we-me möösst en Huuffe Dräck a jedem Schue nooschlaapfe!

Der Bärte iri Räbschäär wanderet über d Räbstöck, haut ab, wa vorig isch, und be jedem Schnitt ghöört sis zwicke. Wa für d Schäär z chnoorzig isch, bsoorget es Räbsägli. Si puckt und puckt sich, und iren Rugge isch scho glii ann aanzige Schmärz. D Sunn giit scho waarm und es isch doch eerscht Februaar. Si grüblet de Naselumpe zum Furtuechsack usse und fahrt dermit über s Gsicht. Nid noogee, no nid noogee, wa gschaffet isch, da mome numme! Si wett nid möse ander Lüüt i Aaschpruch neh, aber si sitzt no so gäärn en Rung ab, wo de Zaager vo der Chilchenuhr uf halbi vieri schtoht. Wo si wider wott wiiterschaffe, merkt si, da dä maliöönisch Schmärz numme blooss es gwöhnlich Ruggeweh cha sii. Hantli phackt si ire Wäärli zeme und macht sich uf de Haamwäg. Bliibt underwägs allpott schtoh und schtützt d Hend abwächslinge is Chrüüz. Wo si im Hinderdoorf aachunnt, schickt si aas von Chinde goge de Vatter hole im Hoometacker usse, fangt sich aa wäsche und suuber aalege, lauft i der Schtube und der Chammer omenand, lueget nomol, öb alls der Oorning säi und hät no no ann Gedanke: Wenns doch au en Bueb wäär! D Weh wööred schtercher und es isch guet, da de Vatter grad no d Hebam mitbringt. Di sälb bugsiert die drüü Mäitli i d Chuchi usse goge de Häärd aafüüre und all Pfanne vol Wasser obtoo. Guet, da de Vatter doo isch, dä cha am hälffe, tenked die dräi. Aber s isch gschpässig. Dä Vatter, wo doch immer so bsonne isch, rennt im Züüg omenand und isch ganz ufgregt. Langet Sache aa und ghäits wider häre, macht bis zletscht all komfuus, bis en d Hebam in Schtall abeschickt, är söl däi zum Rächte luege, si wöör däre Sach uhni en Mäischter!

Unterdesse isch d Bärte i s Bett gschloffe und hät sich, wol oder übel, i s Schicksaal ggee, immer der Hoffning, da iez dro dä ärsehnt Bueb aarucki. Scho lang hät si es Schtubewägili gricht ghaa und alli die Sächili, wo so-ne Chläis bruucht. Hät au, zeme mit em Auguscht, en Buebename uusgläsä und chas iez fascht numme ärplange. S wott und wott nid vürsi goh, d Schmärze wööred immer erger. Elf Johr sind halt e langi Ziit! Si isch numme zwanzgi! D Hebam chunnt wider i d Chammer ie und frooget, wes göng. Si merkt, das numme lang cha goh, und es Wunder passiert! Wo de Auguscht us em Schtall unnenue chunnt, so ghöört er e winzig Schtimmli briesche, rennt, zeme mit siine andere Chinde, i d Chammer dure, wo d Hebam all Hend voll z tond hät und ammäg no derziit zum gratuliere: Es säi e gsund Mäitili! E Mäitili, kan Bueb! Dasch der Bärte iren eerschte Gedanke und si lueget de Auguscht aa, ganz truurig und entüüscht. Si wott scho aafange briesche, aber de Auguscht isch öppe gaar nid truurig. Ehrfüürchig vor some Wunder von-ere Geburt lueget är si Chindli aa, schtraapft der Bärte mit siiner verwäärchete Hand über di verschwitzte Hoor und bringt no no usse: «Ben-ich froh, da mir e gsund Mäitili hend, dasch doch d Hauptsach, gäll, und Räbwäärchere cha me nie gnueg haa.» D Bärte mo no schtuune, will si sich alls ganz anderscht voorgschtellt gha hät. «Jaa und iez, wa für en Name?» De Vatter isch nid verläge: «Tauffed mers doch aamfacht Mareili, wa maanscht?»

«Mir hend e Mareili», rüeffed di andere drüü Mäitli scho überunne uus, «üüsi Mueter hät e Mareili überchoo, e Mareili!» Si sind halbe närrsch vor Freud. Am andere Tag renneds i d Müligass ue und holed Haselchätzli und Immergrüe und mached e Chrenzli und legeds irem neue Schwöschterli om s Chöpfli. Schmücked au no de Schtubewage dermit. Si leged uf s Teckili und uf s Chüssili luuter so Gschmäus und sind truurig, wo d Hebam chunnt und d Hend über em Chopf zemeschloot ab däre Uuvernumft. «Ir verschticked mir jo da Chindli no!» schimpft si und rummt rüübis und schtüübis alls zeme vo däre schööne Bekrenzete zum Wägili uus.

A sälbem Tag sind die dräi Groosse no z schpoot i d Schuel cho. Si plagiered mit enem Mareili und verzelled im Lehrer, wa si dihaam für e chläi, härzig Mäitili häjid, und är truckt für damol e Aug zue und verschpricht sogaar, är chöm dro mit siinere Frau da Mareili mol choge aaluege.

Im Bachlet underem Bohnöpfelbomm schtoht en Scheesewage. Vorne am Scheeseboge isch e Gaaswindle aagmacht mit Wöschchlemmerli, da d Mugge s Mareili nid plooged. Es liit im schöönschte Schlööffli doo, en Nüggel im Müüli. Mi ghöört e ka Müggsli von-im. Hinne im Bommland haut de Vatter grüe Fueter ab für s Vä. D Sägisse fahrt dur s taufrisch Gras und laats a schööni grüeni Mädli. Derzue uus siet me farbigi Blüemli lampe. Es Emmili, di eltscht Schwöschter vom Mareili, sött es Gras uf de Wage lade, e Chue dervor. Es schtoht i Gedanke versunke doo und lueget die Blüemli aa, wo mönd schtäärbe, no da s Vä z frässä hät. Aber es cha nid lang uusschnuufe. De Vatter nimmt de Wettschte, won-im am Rugge hinne hanget, zum Fass mit Wasser drii uus, butzt mit eme Wüsch Gras d Sägisse ab und sst-sst-sst fahrt dä Wettschte linggs und rächts über es Sägisseblatt, bis das wider schaarf gnueg isch. En aanzige Blick vom Vatter, wo pudelnass isch vom Schwitze, bringt es Emmili zu sim Tröömli uus. Hurtig fangts wider aa gable und schaffe, nimmt de Räche noch em Uflade und rächelet da fiin Gräsli suuber zeme. Es mo für si Aalter scho fescht derhinder. Mo am Morge vil z früe zun Fädere uus und alli Aarbete mache, wo suscht der Mueter iri gsi sind. Und es fellt im gar nid liicht, all da ime Tag z mache, wa sich de Vatter vo der Mueter här gwennt isch.

Jo, d Mueter! We lang mo si ächscht au no so chrank z Züri im Schpitool lige? Glii no der Geburt vom Mareili isch-i schwäär chrank woore. Mit em Chrankewage hät me si gholt. Zeerscht in Schpitool uf Schafuuse-nie, dro, wo däi alls nüüt hät wele nütze, hät me si is Betaaniehäim uf Züri iezüglet, zum e berüemte Profässer. De Vatter bsuecht si all Sunntig; ame Wäächtig hett är jo gaar nid derziit. Dro mo s Emmili amed es Sunntigghääss richte für-en. Di gwichste Sunntigschueh und e frisch wiiss Hemb und suuberi Socke. Aber äs hät halt no nid s Aalter von-ere pärfäkte Huusfrau und no nid sovel Rutiine. Doorom giit da amed e Gschtrütt, bis da dä Vatter zum Huus uus chunnt! Und äs sött es Mareili bade und Mueterschtell verträtte an-im. Di andere zwoo Schwöschtere, es Kläärli und es Röösili, macheds im Emmili au nid immer liicht. Si hebed zeme we Chläbere, wenns gilt, naamis Tumms z boosge, und die Chehrli, wos söttid mache, wends under s Emmilis Komando au nid immer grad too. So chunnts öppedie voor, da bäid e par zümftigi Fleute verwütsched, und aaschtatt naamis z tond, schtriited all dräi, bis si s Mareili wecked und dro s Theaater pärfäkt isch. Denn gohts nopment und si chöned rächt too. No guet, da Tante Roose vo Ziit zu Ziit uftaucht und e wenge zum Rächte lueget. Die saat ene dro scho, was z säged giit! Und botz Blitz, wenn si s Mareilis Teckili uflupft und es wuurd säichele! Au s Mareili sälber isch en-Ufgoob. Si hends ase vergwennt, da immer aani mo am Schtubewage wägele, susch wotts aamfacht nid iischlooffe. Und, wenns no maaned, iez schlooffis ganz sicher, und schtillhebed, so schtreckt die Luustrucke d Baa und d Ärmli i d Luft und fangt aa plääre, das numme schöö isch.

Es Brootbache fellt im Emmili psunders schwäär. Wenigschtens im Aafang. Guet, das der Mueter amed zueglueget hät bem Heble am Oobed vor der Bacheräi. Aas von Chinde hät im Doorflädili möse Prässhäpf hole. Dro hät d Mueter di schwäär Bachmuelt ab der Laube gholt und Mähl driigläärt. I der Mitti e Loch gmacht und di verbrööselet Prässhäpf mit laauwaarmer Milch verrüert und i da Loch gläärt und mit eme wenge Mähl zum-ene Täägli aagrüert. Ase hät si da Züüg teckt und über d Nacht si loo. Am andere Tag, noch em Zmorge, hät si de Broottaag fertig gmacht. Zeersch hät si ime Mälchchessel laauwaarmi Milch mit Wasser gmischlet und de Taag dermit gnetzt. Si hät gchnättet und gchnättet und vo Ziit zu Ziit en Gutsch us em Chessel noogläärt, bis ere de Schwaass abegloffe-n-isch und de Taag Blootere gmacht hät. Dro hät sin grueje loo ase zueteckt und de grooss Bachofe aagfüüret. Hät e Hampfle Räbholz under e zümftigi Wälle gschoppet derzue und dernäbed au no grad de Holzhäärd gfüüret, en Hafe mit Süüdhärdöpfel druf, scho uf de Oobed voorgsoorget. I der Schtube isch dervo d Chuuscht waarm woore, und de Taag druf obe isch schöö ufggange. Underdesse hät d Mueter amed e Tünne paraad gmacht. Jee no der Johresziit Rarbaarbere, Öpfel oder Zwägschte, im Sommer au Beeri druf. Si hät e rächti Hampfle Taag zu der Muelt uusgnoh und mit Schmaalz verchnättet. Dro hät si-n uusgwalet und uf e grooss viereggig Tünnebläch glaat. Wa me gha hät a Obscht obedruf und e zümftigi Hampfle Zucker drüberie. Dro isch no en Guss über alls iechoo, vo Äiere und em Niidel, wo me amed ab der Milch gno hät. Da hät, mit eme Schneebese verrüert und schöö glatt vertaalt, naamis Fäins ggee. Und be allem hend amed d Chind zueglueget. Doorom hät es Emmili scho gwüsst, we da Züüg goht. Aber äs isch halt nid so schtarch und d Ärm ghäjed im mangsmol schier ab bem Chnätte. S allereerscht Mol isch im naamis Tumms passiert. Es hät vergässe de Taag saalze! Hät prüelet derwäge, aber de Vatter häts trööschtet, es säi no kan Mäischter vom Himel gfalle, und au sälb Broot isch ggässe woore.

Es Mareili rodt sich im Scheesewage, me siet en vo wiitem gampe. Äs waass no nüüt von Soorge, wo all i der Familie hend. Es riisst a der Gaasewindle, a dem Omhang vor siine Auge, und bringts fertig, dan-er abeghäit. Und iez mo äs schtuune und siini Äugli send aa Tach vo Öpfelblüete über em Scheesewage. Es schtramplet und jäukt. We da goht i dem Wage! Mit Hend und Füess mo äs schaffe und chunnt derbii Hunger über. Und iez töönts bis zum Vatter und em Emmili hindere. «Wowoll, da chas wider emol», saat de Vatter. «Gang haam mit im und gib im de Schoppe, ich mache no elaage fertig.» S Emmili isch froh, da de Vatter so-n-en Guete isch. Är waass jo sälber, da äs vil z vil mo schaffe, aber di andere zwoo mönd halt no i d Schuel. Es schtoosst da Scheesili s Bachletwägli durvüre haam und pläuderlet mit em Mareili, graad we-n-e rächt Müeterli. Und s Mareili vergisst sin Hunger für e Wiili, schtreckt es Hälsli und verrenkt si Müüli, wott naamis säge, aber es chunnt no e Tööndli usse, we vo-me Vögili, trotz aller Müe. Es lächlet und schtrahlet über s ganz Gsichtli, bis dihaam de Wage schtohbliibt. Dro goht es Prüel aber looss! Es Emmi nimmts hantli uf de Aarm zum Charen-uus und laats der Schtube uf e Chüssili häre. Macht uf em Schpiridus-Chocherli en Schoppe vo Milch und Haberschliim mit eme Löffili Zucker drii und chüelt en dro ab, da s Mareili nid s Müüli verbrennt. We da trinkt! Da mo jo wachse! Im Hui isch de ganz Schoppe läär. Iez aber no e Görpsli, soo, und iez e trochni Windle. «Uuh, du schwümmscht jo!» Die Bscheering! Es Mareili aber juuchset vor Vergnüege und schtrablet mit de Baandli, s Emmili chas schier nid wäsche und wickle. «Schtillghabe wüürt iezed und in Schtubewage mit dir, ich mo no Zümis choche.»

Oh, wenn doch d Mueter wider emol gsund dihaam wäär! S Emmili süüfzget tüüff: «Und moorn isch Sunntig und ich mo no butze hüt.» Es macht en Amelättetaag. Öpfelmues häts no vo geschter derzue. D Zöpfli hanged im Emmili trooschtlos über de Ruggen-abe. Die Hoor hettid au emol wider e Wösch nöötig! Wenn chunnt ächscht au üüsi Mueter wider, sinierts. Bringt de Vatter moorn zoobed emol en bessere Pricht?

Es isch Rägewätter. Es rägnet z Lugmerhuuse und es rägnet z Züri inne, wo d Mueter im Schpitool liit, iezed scho dräi Monet. Schtuucheblaach loset si im Tokter zue, won-ere graad sin Pricht vom letschte Undersuech giit. «Frau Surbeck», saat er, «loged Si, mir mached wa mir chöned. Mir hend Ene möse be der letschte Operazioo e ganz Schtuck Daarm usseneh. Mir hend da aamfacht möse, wil Si so vol Gschwüür gsi sind, da mir äärnschtlich ärwoge hend, öb mir nid grad en künschtliche Uusgang welid mache. Mir hends uhni da probiert, hend Ene nomol e Schangse ggee. Läider hemmer aber vorig bem Schpiegle gsäh, das wider neui Gschwüür im Daarm hät. Iez giits nüüt anders me, mir mönd ene dä künschtlich Uusgang gliich no mache.»

D Bärte loset zue we verschtaaneret. «En künschtliche Uusgang», saat si no eme Rüngli, «dasch jo doch blooss es Läbe e wenge verlengeret, Härr Tokter. Nänäi, da lon-ich mir nid mache. Lieber gang ich eso haam, als so naamis. Ich ha en Maa und vier Chind dihaam. Die bruuched mich doch. Und wa da no wider täät choschte; mir sind kani riiche Lüüt. Und derzue wäg blooss e par Monet lenger läbe. Na-a, da lon-ich nid gschäh!» «Jaa, Frau Surbeck, da hemmer eerscht doo dinne ime Aarzt au möse mache», giit ere de Härr Profässer zrugg. Isch en nemlich sälber gsii. «Mir Tökter bliibed au nid verschoont. Sind Si doch vernümftig. Ich gibe uf all Fäll no Irem Maa Pricht drüber. Also, tönd Si sich no bsinne, es wüürt e ka Suppe so haass ggässe, we me si chochet.» Und dusse isch er.

D Bärte liit im Bett inne und hät no no aas im Chopf: Näi, da giits nid! De Härgott hät sicher non-e Chrüütli ome, wo mir chöönt hälfe. Ich mo moorn im Auguscht säge, är söll mir es Pfarrer Küenzlis Büechli «Chruut und Uuchruut» chauffe. Däi drii schtoht sicher e Mittili gege Gschwüür. Si süüfzget schwäär. Da si liederlich draa isch, da merkt si jo sälber. Aber si wett halt au iri Lüüt wider emol säh! Und alli om sich ome haa. Und im Fall, da si möösst schtäärbe, wett si lieber haamgoh. Wenn si au numme vil chuunt schaffe, so chöönt si wenigschtens rede und zu der Sach luege. Und d Chind om sich ome haa. Si hät jo es Mareili scho soo lang numme gsäh! Si frooget no aliwil de Auguscht, wes au uusgsäch, öb si z Gang chömid mit im und im au rächt luegid? Und är verzellt ere, wes pläuderli und lächli und gsund säi und gfrääss. Und be der letschte Bsuechsziit hät ere verschproche, de Ärni-Leo machi e Foti von-im, är bringi si mit am nöörschte Sunntig. «Mann, du wüürscht luege. Da Chindli siet uus we Milch und Bluet und hät Äugli we Vergissmäinnichtli.» Är verzellt ere nid, we mangi Nachtschtund dan-er im Mareili scho ggopferet hät, wenns zahnet und uuruig isch und brüelet derwäge und chrääit we am Schpiess. Nüüt, gaar nüüt saat ere vo siine Soorge, wen-er scho mangsmol schier numme waasst, won-im de Chopf schtoht und wo all da Gält härneh, won-er mo uf da Züri iebringe zum all die Schpitoolrächninge zale! Är täät no vil meh, we me der Frau iri Gsundheit mit Gält chuunt chauffe!

Won-er am nöörschte Sunntig wott d Türe zum Chrankezimer ufmache, zupft en e Schwöschter am Ermel und veräxgüsiert sich: De Härr Profässer wel en schpräche. De Härr Surbeck söll so guet sii und mit-ere choo. Si wiist im ime Zimer en Blatz aa, de Härr Profässer chöm glii. Und so isch es au. En Maa ime wiisse Mantel schtellt sich em als de Aarzt vo sir Frau voor und verzellt im de gliich Pricht: «Iri Frau sött sich nomol operiere loo, mir mönd en künschtliche Uusgang mache, aber Iri Frau wott nüüt dervo wüsse und lehnts ab.» De Tokter erkläärt im Auguscht de Fall, so guet, we mes ime Läie cha erklääre. «Tönd Si doch Irer Frau zuerede, dasch nid s eerscht Mol, wo mir so naamis mached. Ich gseh susch kan Uuswäg.»

Mit eme schwääre Härz goht nohär de Auguscht zur Zimertüre-n-ie und as Bett vo sir Frau. Und si bringts fertig und lächlet im entgege: «Scho de ganz Morge han-ich gwaartet uf dich und planget. Wa mached d Chinde? We gohts im Mareili? Häsch iez e Foti von-im?» Und de Auguscht nimmt die Foti zur Innetäsche vo sim Tschoope-n-usse und saat no ganz vertatteret: «Gäll, da Chindli isch scho grooss?» Und d Bärte lueget und lueget die Foti aa. Eso siet also ire Mareili iez uus. E chugelrund Gsichtli schtrahlet ere entgege, und iez cha si sich numme behärrsche, iez lauffed ere nopment Trääne über iri blaache Bagge-n-abe. De Auguscht mo sich zemeneh. Är taar nid schwach wööre, näi! Är schtriicht sir Frau über s Hoor, nimmt es Naastuech zum Hosesack uus und butzt ere s nass Gsicht ab. Saat no ka Wort. Är waass, da me mo Ziit verbii go loo. Das amend guet isch, we me die Mueter emol briegge loot. Non-eme Rüngli butzt si iri Nase, schnüützt fescht und saat tapfer, mit ere zitterige Schtimm: «Gäll, ich ben-e Baabe, aber waascht, ich mo der no naamis verzelle.» Si prichtet im Auguscht vo der Unterreding mit em Tokter. De Auguscht loset ere zue und saat nid, dan-er da scho waass und fascht nid cha draa tenke, da me sött so naamis mache. Nomol operiere und dro, waa wiiter? Är lueget vor sich abe, maant, es wäär alläg am beschte, we-me de Entschäid in Töktere überlös. Aber d Bärte wehrt sich, si well numme a sich omeschnäfle loo, blooss zum s Läbe e wenge verlengere. «Haam wott ich iez und fertig!» Alls Zuerede nützt nüüt. Si hät sich entschide. «Haamgoh, da mon-ich aamfacht, doo inne han-ich es Haamweh und da schadt mir am mäischte. Dihaam chan-ich au grueje und be wenigschtens be eu. Wenn de Härgott wott, dan-ich schtäärbe, so chan-ich da dihaam au, und, wen er mich wider wott gsund wäärde loo, so wüür ich da au dihaam. Säg du da im Tokter! Es gschend au hüt no Wunder, me mo blooss draa glaube!»

«Da wäär jo scho rächt, tuusigmol rächt wäär da», saat de Auguscht. «So mon-ich halt mit em Tokter rede, wenns goht.» Im Gang usse rennt er in ere Schwöschter noo und frooget, öb er de Härr Profässer nomol chöönt haa. «Är isch no im Huus. Wills grad no probiere.» Si füert en is gliich Zimmer we vorhär. Es goht en guete Rung da Mol, bis de Tokter chunnt, und im Auguscht isch es gschpässig z Muet: Chan-ich da überhaupt verantworte, wa mi Frau wott? Wie schtellt si sich da Ding voor? Doo, im Schpitool, hät si wenigschtens Rue; dihaam ghöört si alls und cha nid die Pfläg haa we doo. De Chopf brummlet im vor luuter schtudiere. Ja no, es wüürt au naame noo e Türli ufgoh?

Wo entlich de Tokter derthärchunnt, so giit im de Auguscht Bschäid, so und eso säi die Sach. Si Frau wett aamfacht haamchoo. «Jaa, da cha si scho, aber uf aagni Verantworting. Si mönd üüs da schriftlich beschtäätige», wiist en de Härr Profässer aa und nimmt e Schriibe zum Schriibtisch uus. Schriibt no naamis derzue und schtreckts im Auguscht überdure. Dä lists und mo zeerscht de Zwicker vüreneh derzue, aber die Buechschtabe tanzed im vor de Auge. Es goht en Rung, bis er underschriibt, aber uugäärn. Drüberabe frooget er, wenn da me si Frau chön hole? «Säged mer am nöörschte Dunschtig, mo no euem Huusaarzt Bschäid gee. Und vier Wuche druf mo si wider zu mir in Undersuech, da mer si chönd schpiegle.» De Tokter schtreckt im Auguscht di rächt Hand häre und lueget en fescht aa: «Doo cha me blooss Glück wüntsche!» De Auguscht goht zrugg zu sir Frau und verzellt ere, dan-er si am Dunschtig töör cho abhole. Si schtrahlet über s ganz Gsicht! De Auguscht aber nimmt a selbem Tag mit gmischte Gfüel Abschid. I Gedanke versunke lauft er in

Hauptbahnhof abe. D Chind wööred au lose, wenn si ghööred, da d Mueter glii haamchunnt!

Am andere Morge macht d Schwöschter Chrischtiine d Türen-uf z Züri im Betaaniehäim und zündt s Liecht aa. «Soo-soo, wa mon-ich ghööre, d Frau Surbeck hät d Furthosen-aa! We me no nid emol cha rächt uf d Baa schtoh! Und wäär macht ene dro all Tag iri Daarmschpüeling? Tenked Si, da mo ganz suuber zuegoh! Si mönd en Irigatoor miete und tööred nüüt Uuschteriils benutze. Ganz gnauu, we mir da mached, mönd Si s läärne; lueged Si joo guet, da es Schlüüchli, wo Si dur d Buuchwand dure im Daarm schtecke hend, nie usserutschet, suss wäärs dro lätz! Die Wunde täät sich eso gschnäll schlüüsse, da mes numme iebräächt, bis mer Si wider doo hettid. Und dro, guet Nacht! We cha me au so aagesinnig sii!» Si redt und redt, und der Bärte isch es numme wol. A da alls hät si gaar numme tenkt und hät blooss no s Haamgoh im Chopf ghaa. Si passet uf we-n-en Häftlimacher bem Schpüele. «Loged Si no die Äiterfotzle, wo doo chömed», saat d Schwöschter. «Dasch jo Sälbschtmord, we me ka Chraft und kan Saft hät! Hett si Pfläg und wa alls dermit verbunden-isch, aber näi, haam wott die Frau!»

D Schwöschter Chrischtiine maants jo no guet. Es töönt, we wen e Mueter mit irem Chind redt. Si fangt wider aa. «Hüt z Mittag läuffeled mir dro e par Schrittli mitenand, nid da Si no zemehuured am Dunschtig, gäled-Si? Da wüürt mer au wider en Ufschtand gee, dadoo!» Si rummt usse wa si numme bruucht, und glii drüberabe chunnt d Bärte no en Bsuech über, vom Härr Tokter sälber. Au är giit no schtrickti Aawiisinge, scho wäg der Diäät. «Nid emol zwüsched zwee Fingere taar me gschpüüre wa Si ässed! Kani Truubebeeri abeschlucke, blooss draa suggele. Schliimsuppe mit eme Chalbsfüessli drii choche und absiibe!» Aamfacht alls zeme erkläärt er ire nomol ganz tüütlich, und si loset guet zue. Si folget gwüss, wenn si no taar haamgoh! Aber iez wett si no naamis wüsse: «Maaned Si, dan-ich doch no chöönt gsund wäärde und wider zum Schaffe choo, Härr Tokter?» Dä lueget si gschpässig aa: «Da cha neemert säge, da nemed mer iez vorzue; amend e Lismete i d Hend neh, aber puure, we vorhär, da wööred Si scho nie me chöne, däi dure chan-ene kani groosse Hoffninge mache.»

Z Lugmerhuuse im Hinderdoorf gohts zue we ime Oomissehuuffe. Über s Vatters Pricht vom letschte Sunntig abe schaffed all zeme, was no chöned. D Mueter mo in e schöö putzt und ufgrummt Huus zruggchoo. S Röösili figget a dene villne Chupfer- und Messingsache ome der Chuchi, bis si glenzed we Gold, amel au schier. S Klääri fislet der Schtubechammer omenand. Sogaar all Fenschter chömed draa, mit Sigoliin und Ziitingsbapiir; hends au pitter nöötig! S Emmili cha regiere und die zwoo ometirigiere, es muulet au nid aani ome, und da will naamis haasse! Au s Mareili isch braav, we wen äs sii Tääli au möcht biiträge, da d Mäitli chönd a der Aarbet bliibe. Im Schtall und der Schüür sind de Vatter und de Huuschnächt wacker am Too. De Bese chunnt wider emol a d Räije. Im Holzschopf giits au no grad Oorning und de Hof und d Schtrooss am Huus dure wööred gwüscht, we ame Samschtig.

Und dro chunnt dä ärwaartet Dunschtig! De Noochber schpannt sii früener Gawaleriirössli vor s Brägg und fahrt mit em Auguscht uf Nüüchilch dure uf de Badisch

Bahnhof. S isch eerscht de Morge am halbi sibni, wo s Zügli aatampft. «Also, be am vieri dro wider doo», saat de Preesijakob. «Tos gäärn für eu», chehrt si Brägg, giit der «Xera» e Fitzli und fahrt wider haamzue. Vo Auto waasst me no nid vil; hät wiit und braat neemer aas im Doorf.

Z Schafuuse mo de Auguscht omschtiige in Zürizug. Är bruschelet vor sich hää: «Wenns no au guet goht.» Sälber hät er no der Bärte ire Bett dihaam frisch aazoge. Isch äbe abwächslingswiis i bäidi iegläge, da me nid di ganz Ziit hät möse d Bettwösch wächsle. Är hät sogaar häimlich es Mareili zu sich is Bett gnoo, wo doch im Schtubewage het söle schlooffe! Därewäg isch er nid so gaar au elaage gsii, und die choge Täsche hät glii gmerkt, da me no mo briesche, und scho chunnt de Vatter am choge hole!

Underdesse hät sich z Züri inne d Bärte zwäggmacht. D Kläider schlottered om si ome, nüüt passt me. S gungelet alls an-ere enne. «Und mir hät me emol ‹di Tick› gsaat, Schwöschter Chrischtiine!» «Schpäck isch no nie Gsundhäit gsii, da zum Trooscht, aber e wengili meh chöönt nüüt schade. Amend schloot ene d Haametluft gliich no weng aa.» Si saats mit Galgehumoor, d Schwöschter Chrischtiine. Am liebschte wett si druflooshüüle! No nie hät si e Chranks möse därewäg haamgoloo. Däre Frau lueget jo de Tood zun Augen-uus!

Der Bärte wüürts scho schier übel, bis de Auguscht entlich derthärchunnt, aber si saat nüüt dervo. Iez mo si halt d Suppe-n-uusässe, wo si sich iiprocket hät!

«Si chömed, si chömed!» Ganz ufgregt rüeft es Emmili s Huus derue und schtriicht mit aar Hand es Schüürzli vom Mareili glatt. Es traats uf em Aarm. Iez schtönd all under der Huustüre mit glenzige Auge. S Noochbers Rössli haltet, wo-n-er «oha» rüeft. Si schtönd doo und schtuuned. Dadoo isch doch nid eni Mueter? Die Frau, wo de Vatter ab em Brägg lupft? Wo so puggelet mo lauffe, we wenn alls z churz wäär in-ere inne! Und mager ischi und blaach! Si sind vertatteret und lueged und bliibed we aagnaglet schtoh. Si hend sich da ganz anderscht voorgschtellt ghaa! De Vatter schtellt d Mueter ganz fiin uf de Bode, da Hempfili von-ere Mueter. Iez nimmt er si am Aarm und tüüt uf d Chind: «Log au da Empfangskomitee aa! Doo schtönd s, we d Öölgötze, tönd kan Wank und hends doch schier nid chöne erwaarte!» Der Mueter isch es au e wenge gschpässig z Muet, aber si loot de Vatter goh, tuet d Ärm usenand: «Hä, kenned ir mich nümme?» Und iez mo de Vatter no ufpasse, das d Mueter nid omrenned. «No langsam, passed au uf! D Mueter hät no kan feschte Schtand.» Är nimmt im Emmili s Mareili ab und saat zo-n-im: «Lueg, da isch d Mueter.» Aber s Mareili fangt aa frömde; äs kennt doch die Frau nid! Es trääit si Chöpfli uf d Siite und fangt aa briesche. «Da chunnt dro scho no anderscht, und iez überue mit allne, so cha d Mueter zeerschte uusgrueje», maant de Vatter.

D Chind folged uf s Wörtli a dem Oobed, nid da sich d Mueter scho am eerschte Tag mo ufrege! Wäär e Theaater uffüert, isch es Mareili. S Emmili hät im e Griesbäppili gmacht, und d Mueter hät au grad dervo ggässe. Dro sind die bäide undere ggange. D Mueter no so gäärn. Si isch halbe tood vo dene Schtrapaaze. Aber im Mareili hät da nid passt, iez is Schtubewägili. Es hät en Lärme verfüert und nümme wele schwige. Es hät nid chöne begriiffe, das kan Vatter chunnt choge hole und zu sich is Bett nimmt! Blooss de Nüggel, dasch en schlächte Trooscht! Immer wider verlüürts en, und äs plääret und plääret! Und iez chunnts uus, we da Chindli vergwennt woore-n-ischt. Efange wos de Vatter i si Bett holt, giits Rue. D Mueter nimmt sich fescht voor a dem Oobed, da me son-e Theater nid chön bruuche! Si süüfzget emol meh: We isch doch mangs anderscht woore im letschte halbe Johr! Aber si giit uf kan Fall uf, näi. Si bättet es «Unser Vatter» und schloofft, zeme mit em Mareili, ii.

Und ammäg isch wiiterggange

Ganzi vier Johr sind sider vergange. S isch Heuet. Es Mareili sitzt im «Soor», enere Wis am Oberhalauer Bäärg obe, uf eme suubere Väteppich und lueget ime groosse Vogel noo. Dä kräist scho lang der Luft ome, und s Mareili wott vom Vatter wüsse, wa da für ann säi? «Dasch en Wäih, wo so ‹hiää-hiää› rüeft, aber versumm mich iez nid immer, mir mönd da Heu goge lade, suscht wööred mer nid fertig be Ziite, wenndt aliwil fröögli-frissischt.» Är chlöpft e ganz chläi wengili de Chüeje mit der Gaasle über d Rügge und s Füdle-n-abe, und die fanged aa zuelauffe und mönd zieh we lätz am lääre Heuwage de gääch Schtutz derue i d Wis dure, wo s Heu i groosse Made, ase chlippertüer, dooliit. Dromome rächeled d Mueter und s Röösi s Heu suuber zeme, da me au noomag mit nooräche, wenn de Vatter s Heu ladt. S isch en haasse Sommertag, und d Mueter suecht mit de Auge s Mareili, öbs au im Schatte säi. Äs hät s letscht Johr en Sunneschtich ghaa und iez no vil s Chopfweh derwäge.

Jo d Mueter! We si au wider für alli tenkt und soorget! Wäär hett da glaubt doo, vor vier Johre? Da si ben Töktere abgschribe gsi ischt, da hät si scho gmerkt ghaa, wo si doozemol aamfacht hät wele haamgoh. Aber iri Tapferkäit, s hett au chöne haasse Uuvernumft, hät ere fescht gholffe. Und dro dä Thee! All Tag, iez no, hät si en Liter dervo trunke, vo sälbem, wo is Pfarer Küenzlis Büechli gege Gschwüür schtoht. Uuverdrosse, we me scho glächlet hät hincr irem Rugge! «Lönd ere de Glaube», hend all gschnöödet, «mi wüürts jo dro säh.»

Si häts gmerkt und dä Thee ammäg trunke. Anderhalb Johr lang hät si sälb Schlüüchli im Buuch schtäcke ghaa; ase lang hät si jede Tag iri Daarmschpüeling gmacht mit Gramillethee. Hät Gääsili gwäsche und uuskochet. Wövel Phäckli Verbandschtoff möse verbruuche wäred säber Ziit? Wövel Röllili Heftpflaschter! Wövel Gält hät si möse härelege derfür? Alimol, wenn si hät möse uf Züri ie zum e Undersuech, so hät si fascht nid chöne ärgwaarte, wa de Härr Profässer damol sägi? Und es groos Wunder isch gschäh! De Tag isch choo, wo me da Schlüüchli hät chöne usseneh! Wo-n-ere de Härr Profässer d Hand truckt hät und gsaat: «Frau Surbeck, Si sind ghäilt. A Ine isch e Wunder gschäh! E groos Wunder! Iri Gschwüür sind alli vernarbet! Mediziinisch gsäh, isch da würklich e groos Wunder!» Und si hät de Muet nid ufproocht, ime Profässer vo me Theeli z verzelle, hät Angscht ghaa, är lachi si uus! Und e Johr schpööter isch dä gliich Tokter a Chräbs gschtoorbe!

Wo si doozemol mit irem guete Pricht haamcho isch, hät si allne tanket, im Härrgott zeerschte, wo-n-ere über di ganz Chranket biigschtande sind. Natüürlich isch si no kan Rise gsii, aber si hät all Tag wiiter um di nöötig Chraft pättet und hät irer Läbtig es Tanke nie vergässe! Irer Läbtig nie!

Und iez schtiigt si uf de Heuwage-n-ue im Soor obe, i däre ghögerete Wis, und nimmt Aarvel om Aarvel Heu, wo-n-ere de Vatter uegiit, und truckt jede as rächt Blätzli häre.

Es Mareili lueget e ziitlang zue vo sim Schatteblätzli uus und dro de Wulche noo. Di aante schwäbed we so Schläierli am blaaue Himel. Anderi sind tick und wiiss. Di aant siet zeerscht uus we en Maa mit eme Puggel, dro we-n-en Chorb und dro taalt si sich i zwaa chläini

Wülchli, wo uussend we groossi Öpfel oder Bire. Im Mareili wüürts nie langwiilig. Es siet wider de sälb Wäi und tenkt, we schöö das wäär, wenn äs au chöönt flüüge, we dä. Dro chöönts in «Hasenacker» und vo obe-n-abe luege, wa s Emmi und s Kläärli in Räbe machid. Öbs au d Räbe heftid oder öppe im Schatte ligid, we au scho? Hüt häts uf all Fäll Rue vor dene zwoo! Geschter hends em über d Hendli abeghaue und gsaat, äs riissi alli Trüübli ab, und wenns da nomol machi, chöms zümftig Tätsch über! Und äs hät doch gaar nid gwüsst da da Trüübli sind, no ganz chläini, aber es säjid Trüübli! Und äs hät wele e Schtrüüsli mache dervo i si Baabeschtube, wos hät tööre mitneh und gvätterle dermit unne-n-am Wingerte! Aber nüüt isch rächt gsii! Ich be froh, da-n-ich hüt ha tööre mit dene, wo heued, tenkt s. Es siet e par Mohnblueme uf eme Dräckhuuffe, rissts ab und bindt mit eme Grashälmli d Blüete an Schtiil abe. Iez hends Chöpfli und send uus we Baabili. Äs pläuderlet mit ene, macht e Bettli us Gras und laats drii. Teckt ene di grööne Baandli zue: «Soo, iez wüürt gschlooffe! Ka Müggsli wott ich me ghööre!» So, wes amed d Schwöschter Klaara i der Gvätterlischuel saat, wenn d Chind am Nomittag mönd uf e Ziilete Chüssi härelige und di ergscht Hitz verschlooffe. Uuh, iez hemmer Ferie, siniert es Mareili, und ka Schwöschter Klaara schimpft, we me en verlätterete Schuurz aahät, wil am doch d Gomfitüüre über s Broot abegloffe-n-ischt! Oder, we me nass i d Schuel chunnt, wenn all Tachchennel so schöö lauffed, da me mo goge göötsche draa und süürpfle, bis me sälber tropfet. Und dro schtellt si am ine Eggli, wo me sich mo scheme und derbii fescht es Brüele verhebe, da am di andere nohär nid noorüeffed: Brüellätsch, Suppetätsch, gohsch i d Schuel und machsch en

Lätsch! Aber schöö isch es halt gliich mangsmol. We me dro taar zoobedässe mitenand. We me fertig isch dermit, nimmt d Schwöschter en nasse Schwumm und fahrt am über s Gsicht und s Muul und dro cha men no gschnäll uussuuge, we me Tuurscht hät; si merkts mangsmol gaar nid! Und bem schööne Wätter nimmt si nohär es Sääli usse and alli mönd a de Holzhebili hebe und schöö draabbliibe. Ase taar me dro uf de Lugmer schpaziere, aber joo nie goloo und näbedusserenne ine Fuerwärch ie! Und vom Lugmer uus siet me dro is Döörfli abe und wiit dur s Chläggi. Mangsmol sogaar e Tampfloki, wo mit eme lange Fahne hinnedrii uf Nüüchilch fahrt und vo däi i d Schtadt. Aber i der Schtadt isch äs no nie gsii, blooss z Nüüchilch, ime Schuelade, mit em Vatter. Und nohär hät d Mueter mit im gschumpfe, är chauffi im Mareili z hoffärtigi Schüeli!

Zoobedässe! Nopment hät s Mareili Hunger. Es schtoht uf und lueget, öb ächt de Vatter scho fertig säi mit Heu lade. Es siet en groosse Wage voll Heu uf der Wis enne schtoh, aber dä schtoht ganz schreeg a der Haalde. Im gliiche Moment ghöörts naamis chrache, und dro goht alls eso gschnäll, da äs numme noochunnt mit luege. Es siet no no de Wage omghäie und d Mueter s Poort abrugele. Es ghöört au, da si en Chrääi abloot und wiiterrugelet, bis ane Püschli häre. Es rennt, was d Baandli träged zu der Mueter abe und briescht vor sich hää. «Isch iez üüsi Mueter tood?» frooget s de Vatter, wo au derthärrennt. «Höör uf brüele, ich mo mich iez um d Mueter kümmere, si isch sicher nid tood!» Aber si liit schtuucheblaach däi. Hät no alls anere. Trümmlig säis ere, und all Glider tüejid ere weh. Waa au passiert säi? «Uusgläärt hemmer, uusgläärt!» Vor luuter Freud, da wiiter nüüt passiert isch, cha de

Vatter no gschpasse. Vo sir Soorwis unne-n-ue chunnt iez scho de Onkel «Wäibel» z Hülff. Är isch däi au am Heue mit em Karl, der Soffii und der Kläär. Die chiiched au hinnedrii de Schtutz derue.

Im Onkel saat me ase, will är de Doorfwäibel isch, wo, mit ere Schälle under em Aarm, dur s ganz Döörfli, vo Blatz zu Blatz mo goge uusrüeffe; alls zeme, wa uf eme Zädel schtoht, won-er i aar Hand hät. Dro wüssed nohär all Lüüt, wenn da d Holzverschtäigering ischt im Oberhalauer Waald oder wenn d Schuttabfuer. Halt alls zeme, was so under der Ziit Wichtigs giit. Au, we me hät möse e Vä nootschlachte. Dro cha me im Megslokaal im Gmaandhuus vorne si zuetaalt Fläisch hole. Da mös me, doorom säi me ime «Verein», wo Versichering haassi, hät im Mareili s Emmi verzellt. Und we me amed i sälb Megsli mo, dro sitzt däi de Preesi und de Vatter ame Tischli und all mönd zerschte die zwee frooge, wövel Fläisch das überchömid. Da hends scho ase uusgrächnet uf eme Zädel vor ene ghaa. Und dro eerscht hät am de Megser es Fläisch ggee, aber nid immer die Schtuck, wo me het söle haambringe. We mangsmol hät d Mueter scho gschumpfe, si häi wele vom Bruschtchäärne oder vom Schtotze, und iez chochi si dä Chuerunggis scho füüf Schtund ome und säi no nid lind!

«Wa mached au ir für Sache?» frooget de Onkel Wäibel», won-er di ganz Pscheering vo noochem siet. «Chunnt dro scho uus, iez mömmer de ganz Huufe abenandriisse», maant de Vatter und schpeuzlet i d Hend. Und all zeme hälfed. «De Lund isch proche, iez hemmers.» S Mareili waasst nid, wa da sött sii. Äs lueget zuc, we di Groosse enand hälfed; en andere Wage holed, wos vo naamertem vertleened, und de ganz

Muurtich uf de sälb laded. D Mueter sitzt underdesse im Schatte und schickt s Mareili de Schlegel z trinked goge hole der Tole unne. Aber dä Puurligäägger, wo s Mareili derthärbringt, isch süülaau und passt der Mueter nid. «Ha doch für üüs Thee derbii, häsch de lätz Schlegel verwütscht, gang nomol.» Under derwiil sinds grä der Wis enne. Aber damol taar s Mareili nid we suscht uf em Heuwage haamfahre. De Vatter traut däre Sach alläg numme so rächt. S Röösi mo a d Bremse, de Vatter füert s Vä und d Mueter es Mareili oder äs d Mueter, me chas aaluege, we me will! S trottled all bäid hinnedrii und nemed d Abchürzing is Doorf abe. Di andere mönd di gliich Schtrooss derabfahre, wo amed s Oberhalauer-Bäärgrenne-n-ischt, mit luuter Töff und Siitewäge.

«Es schnäielet, es bäielet, es goht en chüele Wind, und d Mäitli leged d Hentsche-n-aa und d Buebe lauffed gschwind.» Scho im Huusgang unne singt s Mareili und pfuderet dro d Schtäge derue. «Chaasch nid diini Schneeschue abbutze?» schimpft d Mueter. «Iez laasch zeerscht diini Finke-n-aa und dro nimmscht de Bodelumpe und butzischt diini Pfäärte-n-uf.» S Mareili muulet vor sich häär. Äs het no wele goge bes Noochbers de Hof durabeschlitte vor em Ässe!

Der Schtube ischt scho uftischet, und uf der andere Chuuscht hocket de Chueret, en aalte Verwandte, wo d Eltere be sich uftnoo hend. Är hebt d Hend under s Füdle und gwermts. S Mareili chnüündlet uf de Bank vor em Fenschter und lueget in Schneeflocke zue, wes abetanzed. S hät wunderschööni drunder. Si send uus we Schtäärne und funkled au ase. Underwägs chömed di aante Zuewachs über; anderi sitzed uf und si flüüged mitenand durab, bis uf s Blächtach vor s Mareilis

Schtubefenschter. Under em Tach vom obere Schtock hät de Vatter e Vogelhüüsli häreghenkt. Däi schnabuliered iez Amsle mit gääle Schnäbel und Finkli mit roote Brüschtli. An-ere Schpäckschwaarte ame Troome enne hanget e Mäisli und bickt dran-ome. S giit immer naamis z luege für s Mareili! Underdesse rucked au di andere-n-aa, und d Mueter schöpft d Suppe i d Täller. Jedes hät si Blätzli und si psunder Pschteck. De Vatter hät e vierzinggigi Gable vo Silber, und d Mueter en silberige, schpitzige Suppelöffel. Bäidi hend ene Pschteck vom Götti überchoo früener und bruucheds immer no. Di andere kenned ene Pschteck au. Si hend driigchräblet, hinnedruf mit eme Nagel. S aant en Schtrich, dises e Chrüüz oder suscht e Zäiche. D Mueter hät zwoor gschumpfe derwäge, aber iez verieret me numme, we wen am en Schnauz wuur wachse suscht!

D Mueter schtellt e Blatte voll Härdöpfelpflutte uf de Tisch; si isch süttighaass und cha scho e wengili abchüele, bis d Suppe ggässe-n-ischt. «Häi Mareili, höör uf so süürpfle», schimpft de Vatter. Si sitzed ame runde Tisch mit runde Schtüele anere Fideelisuppe. Aber s Mareili bringt sini Fideeli schier nid is Muul ie uhni gschmatzlet. Si lamped ab em Löffel uf all Siite! De Chueret süürpflet au! Däi schimpft neemer! Won-er uus hät, schtreckt er de Underchifel vüre und schtraapft dermit d Fideeli is Muul, wo no im Schnauz hanged!

Dro holt d Mueter no e Schüssle voll tüeri, gchocheti Öpfelschtückli ie. «Dä Zümis het üüse Emmi au gäärn», macht aani von Groosse. S isch en Augeblick schtill drüberabe. S Emmi isch halt iez z Basel an ere Schtell ime Chinderhort, scho dräi Monet. A der Wienacht töörs haamchoo zwee Täg, häts im letschte Brief gschribe. Und Wienacht wüürts jo scho glii!

Uuh, wenn s Mareili a di sälb Wienacht tenkt, wo äs sich so hät möse scheme! Äs ischt di Chläinscht gsii der Gvätterlischuel, hät aber gäärn ufgsaaat. Si hend scho lang veruus möse läärne Väärsli ufsäge für de Gvätterlischuel-Biitrag a der Chilchewienacht. Und äs hät dihaam amed ggüebt: «Hosiannaa in däär Hööhe, und Friiden auf Äärden, und deen Mentschen äin Wohlgefallen.» Mit dem Väärsli hetts söle aafange der Chilche. Und de Wäibelkarli häts amed bem Zuelose usem Konzäpt proocht und driipabelet: «Hosianna, Hosifriidaa!» Däsch tschuld gsii, da äs sich vor der ganze Gmaand ase plamiert hät doo! Wo all i Zwäierkolonne am Wienachtsoobed der Chilche iigmarschiert sind, di aante muggsmüüsli schtille, di andere hend d Schnädere nid chöne phaalte, so hät es Mareili nono vorne der Chilche, uf der rächte Siite vom Taufschtaa, dä wunderbaar schöö, grooss Chrischbomm gsäh! Isch, we ime Troom, mit de Andere de lang Gang dervüregloffe und a si Blätzli ghöcklet, grad uf der andere Siite vom Taufschtaa. Zvorderscht vorne. Hät dä Chrischbomm aagschtuunet mit siine goldige Chugle und Chrenzli, de villne Guetili draa und de schneewiisse Cherze. Und z alleroberscht hät en silberige Schpitz glüüchtet! So naamis hät äs no nie gsäh ghaa! Und de Mesmer hät mit eme lange Schtäcke und ere brennige Cherze druf all Cherze am Bomm aazündt und aani aamfacht nid verwütscht. Und es Mareili hät vor luuter Schtuune nid ghöört, we de Härr Pfarrer pättet hät und nid, we d Lüüt gsunge hend. Äs isch we ime Tröömli däigsässe und hät nopment en zümftige Schtupf in Rugge überchoo vo der Schwöschter Klaara, wo derbii gflüschteret hät: «Aafange.» Luut hends möse ufsäge, ganz luut! Da hät ene d Schwöschter ghöörig iiplööit ghaa! Und iez isch es Mareili ufgschtande, hät mit sim luute Schtimmli i d Chilche-n-ussegchrääit: «Hosianna! Hosi, hosi, ho-si, ho-si», nomol «hosianna», und dro isch ussechoo: «Hoosifriidaa!» Da tumm Wörtli, wos de Wäibelkarli amed gfuxet gha hät dermit! Nüüt me suscht ischt i sälbem Moment i sim Chöpfli obe gsii, und äs ischt abgsässe und hät ganz erbäärmlich möse briesche. En-anders häi dro rächt ufgsaat, aber di ganz Gmaand häi möse lache, sogaar de Härr Pfarer, und äs hät gmaant, alli lachids uus und isch schier numme zrächt choo. Ischt au ghöörig abgchanzlet woore nohär vo der Schwöschter, und d Mueter hät au ka Verbaarme ghaa mit im: «Nüüt als Tummhäite häscht im Chopf, mi mo sich jo scheme!»

Am Oobed dervor hends dihaam Wienachte gfiiret ghaa, und s Mareili häts doch so gfreut derbii! Di Groosse hend im vil schpööter emol verzellt, äs häi vor sälbere Wienacht si Oobedgebättli sälber zemegschtellt. No sim üepliche «Engili komm» häis aaghenkt: «Und Liebgott, saasch dro, bisseguet, diinere Frau, der Mariiaa, wen si iren Soh säch, dädoo, wo Jeesuss haassi, und är doch es Chrischchindli säi, so wett ich damol a der Wienacht nid wider blooss e Lumpebaabe. Ich wett au mol aani, wo me chöönt schträhle und bade und, wenns naame göng, no en Baabewage derzue, aamen.»

Jo, und dro isch d Wienacht doo gsii; si hend gfiiret. Hend e schöö gschmückt Chrischbömmli der Schtube ghaa, zwüsched em Chachelofe und em Kanebee, uf eme chläine Tabrättli mit eme gschtickte Teckili druf. D Mueter hät zeerschte us der Bible d Wienachtsgschicht gläse, und dro hend all gsunge, us em Gsangbüechli. Alläg au all Wienachtslieder, wo driischtönd, sogaar no: Ooh Tannenbaum, wii schöön sind däine Bletter, und hät doch Noodle draa und gaar kani Bletter, aber es haassi aamfacht ase! Und dro, entlich emol, hät d Mueter d Wienachtsphäckli vertaalt. Und under em Schtubetisch isch e schöö Baabewägili vürechoo us sim Verschteck. Und drii ischt e schwarzhöörig Baabili gläge, mit schööne Kläidli aa und Laggschüelene und wiisse Söckli. Und iez hät es Mareili wider as Chrischchindli glaubt! Am Tag vorhär sinds nemlich gwüssni Zwiifel aachoo derwäge, wills ganz gnaau gsäh hät, we de Vatter e Chrischbömmli gchauft hät an-ere Verschtäigering im «Chrüüz» vorne, und dro hät ers dihaam der Schüür unne in en Schtender gricht!

Iez isch also wider emol Winter und scho glii wider Wienachte. Am Nomittag hööorts uf schnäie. De Vatter holt im Mareili de Füdleschlitte ab der Laube. S halb Hinderdoorf isch uf s Noochbers Hofraati und schlittet, amel au d Chind. «Ushüet!» wüürt gschrääit, «zu der Bahn uus!» Und, wenn die Bahn au churz isch, wa macht da scho uus? Hauptsach, me isch derbii! De Ärni-Armiin hocket uf ere iiserne Schlittegaass und wüürt ere nid Mäischter. Aber är hocket druf, wen-en König, wenns en au alimol wider der Grueb vo der Schtroosseschale unne überschtellt! Und eerscht es Mareili! Da hät en Schtolz, das da Johr au elaage taar schlitte! Wenns scho uf sim Füdleschlitte hocket we uf eme Nachthafe! Mo d Baa veruusschtrecke und sich am grööne Gaarbesääli hebe, wo vorne am Schlitte aagmacht isch, das au cha zie draa, wenns wider obsi goht. Wiise chame dermit nid guet, aber s isch no aliwil unnen-aachoo!

Derwil macht d Mueter dihaam Guetilitaag aa. Z eerschte chömed d Wiiguetili und d Enissli draa, will de sälb Taag mo grueje und tröchne über d Nacht. Si rüert

Äier, Zucker und Putter, Mähl und wa driichunnt, ime groosse Mälchchessel aa. Wos ase wiit isch, da me de Taag cha uuswale, rüeft si im Mareili. Si häts im möse verschpräche. Äs wott au hälfe guetele und truckt iez scho die schööne Holzmödel mit de Bildlene druf in Taag ie. Doo häts Vögili oder Blüemli, Chläusli und Tannebömmli, sogaar Truube oder de Wienachtschtäärn! Iiferig isch es be der Sach. Mi mo gär ufpasse, da de Taag nid chläbe bliibt und sich schöö us em Model lööst! Es mählet, wa giisch, wa häsch, de Tisch und d Mödel, und es siet glii uus, we amed de «Chnoblauch» der Müli unne am Doorf. «Wa machsch au du?» schimpft d Mueter, «mer wend doch kani Mählguetili!» S Mareili schoppet e Hempfili Taag is Muul. «Mann, du chunntsch s Buuchweh über!», manets d Mueter. Si findt schier ka läär Blätzli me für alli die villne Taagguetili und mo no goge s Bögelbrätt hole der Chuchichammer. Teckts mit eme wiisse Tüechli und s Mareili laat de Räschte druf. Dro rummets uf mitenand.

«Da mer neemer e Chatz ieloot über d Nacht, die geengi üüs schöö derhinder! S goht alli aa!» D Mueter lupft no s Ofeomhengli, öb nid aani uf em Ofe obehocki, und löscht s Liecht ab und trääit de Schlüssel vo der Schtubetüre. «Soo, däroobed wüürt der Chuchi z nachtgässe!»

Noch em Znacht mo s Mareili is Bett, aber äs bättlet am Vatter ome, öbs töör e wengili zuelüege, wen-er nüüschteret mit em Chueret? «Also, wäge mir e Viertelschtund, dro ischt aber Schluss für hüt.» D Mueter schüttlet de Chopf. Mit de dräi Groosse ischt er schtrenger gsii i dem Aalter!

Die zwee Manne sitzed am Chuchitisch vor eme Brätt, wo schwarzi Linie druf hät. De aant hät wiissi

Chnöpf, diese hät schwarzi. Si fanged aa d Chnöpf setze. Zeerscht de Vatter ann. Är setzt en i d Mitti vonere Linie. Dro chunnt de Chueret draa. Si setzed abwächslingswiis. Wär zeerschte dräi Chnöpf uf aar Linie hät, taar im andere an ewägneh. Es Mareili chunnt no nid ganz us däre Zäichning, aber äs lueget fescht zue. Iez hät jede no no dräi Chnöpf! Iez tööreds gumpe dermit, bis an ieghäit und zum «Schniider» wüürt. De Vatter günnt! «We häsch da wider gmacht?» frooget de Chueret. «Ufpasse mosch, ufpasse!» Da Nüüschtere wott s Mareili au läärne! «Soo Koneret, damol setzisch du zeerschte.» D Viertelschtund isch scho lang ome, wo s Mareili vo der Mueter is Bett gschpediert wüürt!

 Wo s Mareili am andere Tag d Schuel uus hät, so schmeckts scho vo wiitem, da d Mueter d Guetili pache hät. Hurtig rennts d Schtäge derue. Der Chuchi schtoht d Mueter mit eme güggelroote Chopf. «Log däi, ha der e par Ofechrüppel uf e Tällerli glaat.» Si tüüdt druf: «Si sind e wenge z schwarz woore, di sälbe.» Aber s Mareili macht sich grad derhinder, dasch em gliich.

 Derwiil d Mueter de Räschte in Ofe schiebt, mo s Mareili zeerscht siini Schuelufgoobe mache. «Immer hemmer sovel uf», muulets. «Trink en Schluck Thee und dro hoppla, derwil mach ich de Mäilenderlitaag und dro chaasch wider hälfe.» Hurtig nimmt s Mareili s Rächningsbüechli vüre. Isch gaar nid schwäär! Scho glii isch es fertig, aber d Mueter wott zeerschte säh, öb da Züüg der Oorning säi. «Schriib nid so pfluderigi Zahle, rächt grächnet häsch, aber nid schöö gschribe!» Mmh, die Mueter! Si butzt im d Tafele dure, und s Mareili plääret, wills nomol cha vo vorne aafange. Dro, entlich, isch d Mueter zfride, aber zeerschte mos no a der Chuuscht bäid Griffel schpitze. «Soo, iez chaasch mer d Mäilenderli mit Äigääl aaschtriiche, log, mit sälbem Pinsili.» Dasch e Fäscht! Und so gohts wiiter, di ganz Wuche, bis z letscht acht Sorte Guetili in Büchse paraad liged! Und all Oobed langet d Mueter i sone Büchs und vertaalt jedem si Bettmümpfili. «Hemmers nid guet?» Vergässed es Tanke nie Chinde!»

Lehrblätz

We hät sich s Mareili uf d Gross-Schuel gfreut ghaa vor vier Johre. «Iez isch me e Gross-Schüeleri, ghöört nümme zun Häfilischüeler! Cha mit de andere in Gvätterligaarte der Turnschtund mit em Härr Tscharner, und dro mönd amed d Häfilischüeler verdufte und tööred no hinder de Fenschter zueluege wa miir mached. De Muetschprung ab em Schtemmbalke oder s Redli und de Buebehenker a der Turnschtange. Zwoor, de sälb häts i sich; de Mäitli ghäjed derbii halt d Röck über d Chöpf abe und dro lueged d Buebe blööd häre. Und emol ischt aanere naamis Tumms passiert. Si hät vergässe, da si i d Hose gröötzt gha hät unds abzoge und in Schuelsack gschoppet der Pause. Und dro, bem Buebehenker, isch es uuschoo und de Lehrer hät si haamgschickt.

Der Grooss-Schuel mo me öppedie ammäg no zruggtenke, wes doch au schöö gsi isch bem Schpile der «Gvätti». Däi hend en Taal Buebe no Röck aaghaa und, wenn bem Sendele de Sand z troche gsi isch, so hät an driiprünnelet, und dro häts wider schööni Gugelhüpfli ggee!

Iez ghöört me aber nümme zu säbne und häts schtrenger. Me läärnt läse, rächne und schriibe. Zeerscht häts Griffel und e Tafele ggee und allpott ischt am de Griffel abproche oder mi hät Tafele ghäje loo und si isch numme ganz gsii und de Lehrer hät gschumpfe mit am. Und ame Samschtig hät me möse die Tafele fäge, bis de Rahme schneewiiss woore-n-isch. Und all Tag mit gschpitzte Griffel der Schuel aaträtte, susch hät me möse noohöckle und di andere hend am uusggäägget.

Vo der dritte Klass aa hends dro aber Fäderehaalter und Schriibfädere überchoo und dro isch sälb Theaater mit de Tintetölgge loossggange! Uuh, doo hät me aber möse verflixt ufpasse, und iez no giits da öppedie. Es Mareili hät emol an wele uusgümele, aber zmool häts dervo e Loch im Heft ggee derbii, und äs hät möse im Lehrer si Missgschick biichte. Dä hät dro d Siite aamfacht ussegrisse; sälber töör me da aber nie! Und alimol vor de Ferie, mo me a s Schuebrünndli bem Gmaandhuus goge si Tintegütterli us Glas suuber wäsche und hät defür cholschwarzi Hend nohär! Am liebschte vo allem hät es Mareili, wen-ene de Härr Tscharner Gschichte verzellt der Tüütsch-Schtund. Vom «Trotzkopf» oder vo de «Turnachkinder». Doo chöönt äs schtundelang zuelose und isch alimol truurig, wenns scho wider verbii ischt.

Derfür ghöörts i de bäide Sunntigschuele und im Hoffningsbund no en Huuffe Gschichte. Die us der Bible häts psunders gäärn. Ame Sunntig gohts am Morge i d Kappäll und am Nomittag i di vorder Sunntigschuel. Däi häts e Neegerli, wo nickt mit em Chopf, we me en Batze in Schlitz unnedraa schtecket. Der Kapäll nid. Däi häts e gschlitzti Büchs für de Zwanzger. Meh giit im Mareili d Mueter nid mit; da langi, we-me a drüü Oort häre wel ame Sunntig, und si opferid jo au no der Chilche.

All Johr, im Früeling, isch dro Äxaame der Schuel. Jee, und dro chömed di groosse Lüüt choge luege und lose und in Heftere läse, wa me cha! We-me dro Chettemerächninge mo mache, dro isch es Mareili mäischtens es eerscht, wo taar absitze. S mönd derzue all ufschtoh in Benke inne, und dro fangt de Lehrer aa Rächninge ufgee mit «Und» und «Maal» und «Abzie», ganzi Räijene vo Rächninge anenand, und dro saat er zmool: «Giit?» Wärs dro zeerscht rächt ussechrääit, taar absitze. Und am Schluss chömed all en Äxaamewegge über. Und dro chömed d Ooschterferie, und nohär chunnt me e Klass hööcher; s ischt no kas hockeplibe bis iez. Z Lugmerhuuse häts allem aa no gschiidi Chind!

Es giit e Under- und e Oberschuel däi. Jede Lehrer hät vier Klasse und zemenand öppe serssezwanzg Chind. Dasch e-n-Ufgoob! Aber es funkzioniert guet, so we sis mached. Derzue häre hät de Underleher no ame Sunntig «Hoffningsbund», und de Oberleher schpillt der Chilche d Oorgele und tirigiert de Gmischtechoor. Hend all bäid Aarbet gnueg!

S isch Räbehacket. Es Mareili schtoht unne-n-am Bäärgwingerte und siniert, derwiil di Groosse chaarscht-hacked. Äs hät au wele s chläi Chäärschtli neh, aber d Mueter hät gschumpfe, wils dermit inen Räbboge ghacket hät, und wa äs machi susch, da säi blooss in Hööre gchratzet und nid ghacket! Es säi ere lieber, wenn äs de «Hennetaarm» abschörili veruus mit em Häuili, da men chön undereschtraapfe mit em Chaarscht, in Schlag ie, und zuetecke, da-n-er numme vürechöm, da Uuchruut! E ziitlang hät da s Mareili gmacht, aber iez isch im vertlaadet und es schtoht däi und schtudiert, was suss chöönt too. Es findt e Räbruete und macht vom Grund unne-n-am Wingerte Dräckbölle und schteckts druf, schwingt si und, hoppla, de eerscht Bolle flüügt grad im Wagner-Alfrid, wo im Wingerte dernäbed hacket, an Chopf! Dä chehrt sich, ganz vertutzt, om und rüeft: «Mann, du chäibe Schnudergoof, ich hau der e par a d

Ohre, wen ich dich vertwütsche!» Und är fuuschtet gege s Mareili. Da rennt noonand de Wingerte derue und chlagt der Mueter, wa passiert säi. «Joo und iez gohsch dich sofort goge entschuldige, aber we de Blitz!» Wol oder übel, äs mo goh! S chunnt im zwoor nid ganz ghüür voor! Haut er mer ächscht grad aas a d Ohre? Es tööschelet de Wingerte derab und zum Alfrid dure und rüeft scho par Meeter von-im eväg: «Ich, ich to mich entschuldige, ich ha dich doch nid äxtra troffe!» De Alfrid lueget ome und hebt de Chaarscht schtill. «Soo, nid äxtra? Also, dro to da joo numme, suscht chlöpfts ammäg no, häsch ghöört!» Es Mareili isch froh, das no so guet ablauft und hüpft zrugg zu siine Lüüte. Si hend graad e Ziilete dobe, und im durab maant d Mueter, es wäär a der Ziit zum de Znüüni ässe. De Vatter butzt de Schwaass ab der Schtiirne und de Chueret hebt si Chrüüz. Di andere zwaa Mäitli sind au froh om e Phause! Und eerscht es Mareili. Znüüni- und zoobed-ässe tuets am liebschte! Si sitzed alli as Pöörtli unne-n-am Wingerte. D Mueter phackt es liinig Znüüniseckli uus. Chreftig, sälber pache Puurebroot und gräuchti Schwiinswüürschtli, mit ere ruessige Huut dromome. Vo der Suu sinds, wo me aafangs Johr gmegset hät. Es Mareili chunnt zmool en roote Chopf über, wos die Wüürschtli siet. Äs hät emol naamis Tumms gläischtet. D Mueter häts ame Tag ghaasse i d Öpfelchammer ue-goh und e Schale Öpfel goge hole. Däi obe sinds am Bode im Schtrau gläge. Obedraa, über e par Bengel ie, sind d Wüürschtli ghanget, und äs ischt graad haass-hungerig vom Schlitte haamcho gsii. Mit eme Gump häts e Pärli so Wüürscht abegrisse und abetruckt! Wos drüberabe mit der Schale vol Öpfel der Chuchi aachoo ischt, so häts d Mueter no so aagluget und gsaat: «S nööchscht Mol butzischt zeerscht diini schwarze Muulegge-n-ab, we-mes nid sött merke, oder nimmscht wenigschtens grad au no e Schtuck Broot mit ue. Oder chööntischt amend sogaar frooge, wenndt naamis wettisch, wa maantsch?» Es Mareili hät sich gschemet doo, wen-en Hund; lieber wäärs im gsii, wenns d Mueter anderscht gschtrooft hett!

Iez traut sichs schier nid zum frooge, öb äs au e ganz Wüürschtli überchöm? «Chasch tenke, en Zipfel wüürt wol lange für dich, iss aber au di Broot derzue!» Si sitzed däi und chäujed und s isch schtille für en Rung. Derzwüsched nemets en Schluck us eme Schlegel. D Wiibervölker Süessmoscht und d Mannevölker Puurligäägger. Reälle chuunt me jo nid trinke zum Schaffe, da gääb alläg schööni Plöder bis zoobed!

Es Wilhälme Frau lauft unnedure. «Soo, tond er oosere?» «Wottsch au i d Räbe?» giit d Mueter ome. Di ander hät en Chaarscht über d Achsle und d Hutzle schier uf de Auge-n-unne und schilet unnevüre, s blendt si alläg: «Wüürt scho möse. Be schpoot draa, ha zeerscht wele s Broot in Ofe richte; lang cha me jo wäred em Bache nid bliibe, aber all da.» Si lauft zue und s Mareili tenkt, da au d Lüüt immer Sache froogid, wos doch grad sälber gsengid. «Wägewaa hät iez die gfrooget, öb mer ooserid, und du si, öb si au i d Räbe well?» wotts wüsse. «Hä suss maanti me, mi säi nid früntlich, giit d Mueter ome, und de Vatter saat: «Si wüürt nüüt Gschiiders gwüsst haa!» Är langet nomol no em Wiischlegel, nimmt en zümftige Schluck und schüttlet sich. «Ich haalte mich an Süessmoscht, häi, gib en überdure, Bärte», saat de Chueret. «Däsch mer lieber, als son-e miseraablichi Brüeje.» Es Mareili wott au druustrinke nohär, butzt aber zeerschte de Hals vom Schlegel ab. Äs gruuset sich e wengili, wil de Chueret nid graad de süüberscht ischt. Ame Morge häts gsäh, dan-er sii Piss mit em Schueschmieribüürschtili putzt hät und dro am Zmorgetisch gschumpfe, no waa Chäibs da au siini Schnore schtinki! Und alimol, wen e Chatz e Muus derthärbringt, so bälglet er die Muus zeerschte uus und giit si eerscht dro wider der Chatz. Suss ligid si de Chatze uf em Mage! Und dro täät er an Tisch härehocke mit siine bluetige Hend dervo, wen d Mueter nid wuur ufpasse we en Häftlichlemmer! Är säi halt ziitewiis nid rächt im Chopf!

Si gond wider a eni Aarbet. «Ich mo glii tnueg haam goge Zümis choche», macht d Mueter und ziet de Chaarscht uf zum ene zümftige Schlag im frisch aagfangne Räbgässli. Derbii flüügt ere de dräizinggig Chaarscht ab em Schtiil und saust hindersi, grad im Mareili an Chopf häre! Me ghöört en Luut vo der Mueter und en Chrääi vom Mareili, dro isch en Augeblick müüslischtill. Es Mareili liit am Bode, schtuucheblaach. «Om s Tausigerwille, wasch mir passiert», verschrickt d Mueter, und de Vatter chnüündlet abe. Lupft im Mareili de Chopf und all send, we-n-e root Bächli zu sim Hoor uussickeret. Aber s tuet scho wider d Auge-n-uf und langet an Chopf: «Isch da iez de Alfrid gsii?» pfliirzeds. «Nänäi, der Mueter isch de Chaarscht abghäit!» De Vatter schtellts uf und d Mueter brüelet schier: «Da mir da hät möse passiere!» «Mir gönd am gschiidschte grad zum Härr Huuser mit dem Chind. Hät alläg e Loch im Chopf. Me waasst jo nie so rächt wa looss ischt, wen aas us de Hoore blüetet.» Es Mareili hät Angscht: «Jaa, mo me ächscht nääje?»

D Eltere phacked zeme. De Vatter traat es Mareili bis is Doorf abe und is Schuelhuus. Däi hät de Härr

Huuser e Lehrerwoning. Si hend Glück, är isch dihaam. «Soo, wa häts doo ggee?» empfangt ers und lueget de Schade-n-aa. Süüberet d Wunde, und s Mareili mo d Zeh zemebiisse, da brennt ghöörig! «Iez chunnt dro no e Pflaschter druf, glaube nid, da mer en Tokter bruuched, aber e wenge Hoor mosch halt no loo, susch chläbet s Pflaschter nid rächt und tot weh, we mes mo wächsle.» Guet hät me z Lugmerhuuse en Chrankeveräin und en Härr Huuser als Sameriter! Und är hät doch sälber sovel Soorge. Traat en schwääre Chummer mit sich ome! S isch gaar no nid lang här, sid me si schööni, jungi Frau hät möse in Bode-n-ietoo. So ne rootbaggigi nätti Frau, und isch i zwoo Wuche gsund und tood gsii! Vo zwee Buebe ewäg und em Maa! Im Mareili si Schwöschter, es Kläärli, isch dro iigschprunge und hät, so guet das ggange-n-ischt, zum Huushaalt und de Chind glueget. Aber di ganz Sach hät in Lüüte der Seel weh too!

Aber alls bruucht si Ziit, und d Ziit häilet mange Chummer. Au im Härr Huuser si Laad hät sich gchehrt, und är hät wider e liebi Frau gfunde, wo siine Buebe e liebi Mueter gsi isch und em no e ganz Schäärli Chind gschenkt hät. Sogaar Zwiling drunder! D Lüüt hend ene da Glück möge gunne und sind e wenge truurig gsii, wo die nätt Familie i d Schtadt züglet ischt, wil me de Härr Huuser a s Emmersbärg-Schuelhuus gwehlt gha hät.

De Sommer isch wider doo und es Mareili sitzt im Bachlet, zmittst im Bommgaarte und i de Süübloome im Gras inne. D Fritschi-Mari isch au biin-im und hät scho-n-e ganzi Puschle dervo in Hende. Us de Schtiil machedsi Trompeetili. So musiziereds e Wiili mitenand.

S aant töönt tüüffer als es ander und omkehrt. Us em Räschte macheds Chrenzli und setzeds uf. Iez mo no für jedi e Brülle häre, au vo Süübloome. Si setzeds uf d Nase und lached drüber. Dernäbed liged bäid Schuelerseck und waarted, da mes ufmachi und s Läsebüechli ussenem und da Schtückli dureläsi, wo am de Lehrer ufge hät. Mi möis dro chöne verzelle! D Mueter hät uustrücklich gsaat ghaa, s Mareili töör no is Bachlet, wenns dro däi au läärni! Si losis zoobed ab!

Iez chunnts dene Mäitli in Sinn, si welid under d Bachletgrabe-Brugg goge schööni Schtaandli sueche. De Grabe hät schier ka Wasser, aber si tond iri Schtrümpf und Schue ab und watschled ase parfuess dur s Gras, es Pöörtli durab. «Uuh, dasch chaalt im Wasser», töönts vom Mareili, aber d Fritschi-Mari lachets uus. «Dasch no zeerscht, da macht doch nüüt.» Si pucked sich under der Brugg und finded schööni Chiselschtaandli und sogaar en schtaanerne Chegel. Glii drüberabe ime Schtaa e Schnäggeform. «Dasch en verschtaanerete Schnägg, chaaschs glaube», phauptet es Mareili. Si hend di ganz Härrlichkäit i de Schüürzli, wos ene doch zmool in Sinn chunnt zum haamgoh. D Schuelseck liged no im Gras enne, kani tenkt me draa!

Dihaam isch no neemer ome. Si lääred eni Schätz in e aalt, läär Fadezaandli und chömed no schier Schtriit über derwäge. «Chaasch diini jo zoobed wider haa, wennt mosch haam», trööschtet s Mareili. Dro hockeds in Schopf abe, wos schattig ischt. D Mari chratzet wider emol in Hoore. Si hät zwee langi Zöpf über de Ruggen-abe. Es Mareili lueget drahäre und siet naamis chrosle. «Du häsch e Luus am Zopf, Mari, chom, ich fang der si», machts und hät si scho in Fingere. «Die schlömmer iez uf em Schpaaltschtock z tood!» Es laat si drufhäre, nimmt e Bieli i bäid Hend und schloot zue. D Luus läbt no. Es hät si nid troffe. «Lo iez mich, si isch jo vo mir», befilt d Mari. Si truckt d Luus mit em braate Taal vom Bieli zeme. «Häsch ächscht no meh?» wärwaasset es Mareili und lööst der Mari d Zöpf uf. «Waart, ich hole der Mueter iren Luusräche. Dä hät si emol gchauft, wo s Emmi vo der Wilhälme-Röös Lüüs ufgläse gha hät. Si hend ame Sunntig d Hüet vonenand ufgsetzt, und dro hät nohär s Emmi au de Chopf voll Lüüs ghaa!» Es rennt d Schtäge derue is Huus und nimmt dä Schträhl zur Trucke-n-uus. Dunne mo d Fritschi-Mari uf d Chnüü abe und iren Nüschel is Mareilis Schooss lege. Äs sitzt uf eme Holzrugel und rächet mit dem fiine Schträhl dur die Hoor mit groossem Ärfolg. Doo chömed Lüüs, schier we Bääre! We mes vertruckt, dro chlöpfts so schöö! Dasch en Gschpass! Es Mareili isch iiferig be der Sach, und d Mari hebt no so gäärn häre!

Wes eso am Luuse sind, chunnt nopment d Mueter derthär. «Jaa, wa mached den ir doo?» frooget si. «Mir? Scho sicher e Totzet Lüüs han-ich der Mari gfange», plagiert es Mareili. «Om der Tausigerwille, da wüürt doch nid wohr sii», verschrickt d Mueter. Si isch entsetzt. «Du mosch dihaam säge, d Mueter söl der de Chopf mit Petrool iiriibe und über d Nacht iibinde. Häsch jo ganz en Huuffe Niss an Hoore!» «Waa sind Niss?», wott s Mareili wüsse. «Da sind de Lüüs eni Äier. Die mo me ablööde, suss schlüüffeds uus», erkläärt d Mueter. «Und iez gohsch hamm und saasch es diiner Mueter, und si söll mers nid für übel neh. Und du, Mareili, chunntsch iez überue und lisisch mer din Absatz voor, wo d ufgha häsch!» Iez merkeds efange, das eni Schuelseck im Bachlet hinne vergässe hend! «Doo höört doch alls uf! Woo hend ir eui Chöpf?» D Mueter haut im Mareili e Fleute häre. «Marsch iez aber noonand die Schuelerseck gholt und d Ufgoobe gmacht, jaawoll!» Tuuch zottled die zwoo ab. Eerscht, wos zruggchömed, sägeds enand vertatteret adie.

S isch Äärn. D Sunne brennt obe-n-abe und isch doch eerscht Morge! Si brennt uf d Rügge von Lüüte, wo froh sind drüber, wenns au mönd schwitze! Es sind alli dankbaar, das da Johr so ne schööni Äärn hend. Nid we s letscht Johr, wo de Waasse uuskiimet hät, wills nümme hät wele ufhööre rägne! Iez schtönd d Äcker goldgähl doo, und d Ähre gschtotzet voll Waassechörndli! Jaa, d Puure sind vom Wätter und vom Härgott abhengig! Vo sälbem z allereerschte!

De Vatter und de Koneret fahred mit der Sägisse schöö soorgfäältig am Bode noo i d Halm ie. Aa Made om di ander legeds häre. Hinnedrii pucked sich d Mueter, s Röösi und es Kläärli und nemed Aarvel om Aarvel Frucht uf. Si hend wiissi Hutzle-n-aa und Furtüecher om de Buuch ome, si gönd ene bis an Bode-n-abe. D Breme plooged am scho iez, und allpott haut aas om sich.

Uf em Acker dernäbed, wo scho abggäärnet ischt, mo s Mareili Ähre zemeläse. Es hät en Chriesichratte i aar Hand und schtellt en vo Ziit zu Ziit ab. Dä wott und wott nid voll wääre! Äs taar nid an Schatte, vor de Chratte voll Ähre-n-ischt. Die sind dro für d Höör; mi ghäit enes ie, in Höhrgaarte, we me haamchunnt. Es Mareili hät vo der Höhrfrau e Höhndli überchoo, und da häts am Wassertrögli im Höhrgaarte tauft: Margritli! All hends uusglachet derwäge. Aber dasch em gliich.

Dasch doch en schööne Name! Da Höhndli höcklet amed vor s Mareili häre und loot sich dro uf de Aarm neh, wen-e Büsili! S Mareili siniert, wesoo da äigentlich d Höhr bem Wassertrinke am Trögli nohär de Schnabel i d Hööchi hebid und d Auge zuemachid derbii? S chunnt zum Schluss, si wöörid nid chöne abeschlucke we d Lüüt und möjid de Hals ase schtrecke, da s Wasser chön durablauffe! Jo, und vo Ziit zu Ziit haasst äs d Mueter mit em chläine Chäärschtli e Schtückli Bode omehacke im Höhrgaarte, da d Würm und d Engerling vürechömid. Da häjid si gäärn und legid meh Äier dervo! Sid doo hät es Mareili d Schtierauge nümme so gäärn, aber de Vatter häts uusglachet, d Wüürschtli und de Schpäck ässis doch no so gäärn und dro vo so dräckige Säue!

D Mueter rüeft ennedure, mi häi nid derziit zum Troome! Hurtig puckt sich es Mareili wider und list Ähre zeme, iez iiferig, bis de Chratte gschtoosse voll ischt. Derbii chas jo d Gedanke ammäg wandere loo. Vor zwaa Johre isch au so haass Wätter gsii der Äärn we hüür. Dro hät äs töörffe am Sunntig mit de eltere Schwöschtere an Rii uf Langwise goge bade. Zeerschte hät sichs nid i da gröö Wasser trauet, aber si hends uusglachet; äs säi en Füdi! Da häts nid wele uf sich sitze loo und isch, mit siine Pumphösli aa, am Uufer noo is laau Wasser gschtige und hät, we alli, drin-omeplantschet. Di andere hend jo au nid chöne schwümme! Die Plagööri! Und dro hend zmool e par grüeft, es Tampfschiff chöm! Und dro hät s Mareili s eerscht Schiff gsäh i sim Läbe! Grooss und gröö der Farb isch es derthärchoo, de Rii derue und hät e grooss «Vau» is Wasser gschribe, wo immer gröösser wooren-ischt bis am Uufer. Und e Chömi häts ghaa. Alls isch däigschtande und hät glueget und gwunke, und vom Schiff ennedure, wo poorzet voll Lüüt gsi ischt, hends au zrugggwunke. Alls hät in Wälle wele schaukle drüberabe, aber zmool hät naamer krääit, es säi öpper vertrunke! S hät ann Uflauff ggee, d Lüüt sind zemegrennt und hend ggaffet, we me en junge Purscht a s Land gschlaapft hät! Si hend zemephackt uf da abe; s isch ene nümme ghüür gsii! Sider hends nümme wele in Rii, all dräi nümme. Lieber sinds uf Nüüchilch dure i d Badi, wenns scho gsaat hend, sälb säi e Chrotteloch! Jo, und ame Sunntig-Mittag isch s Mareili, aaschtatt i d Sunntigschuel, mit no e pare draa verbiigloffe hinderuggs, de Zwanzger vo der Mueter is Naastüechli knüpft. So sinds uf der schtaubige Schtrooss uf da Nüüchilch gschlaarpet be der grööschte Hitz und hend Tuurscht überchoo. Aber wiit und braat isch alls vertröchnet gsii und ka Wässerli hät de Halbbach ghaa, no par Mölch ime Tümpili.

De Schtammli hät an gfange und im Mareili in Hals abegschoppet, dä Suunigel! D Schteineckkläär hät en dro ussegrüblet, und si sind de Buebe druus und bis i d Badi grennt drüberabe. Däi hends im Badmäischter enen Zwanzger gschtreckt und sich hinder eme Püschli abzoge. E Kabiine wäär tüürer choo. Aber Badhose hät au nid aas derbii ghaa. Doo hät me für so Chinde no kani zuetoo. Si hend e Gschtäältli aaghaa mit aagchnöpfte Underhösli draa. Ase sinds i s Wasser gschtige und driighocket, aber no im Chindehägli. Däi hät nüüt chöne passiere. Aber, wos nass gsi sind und ase ufgschtande, so ischt de Badmäischter derthärgrennt: «Da gäbs nid, si töörid nid eso bade! Si sölid verschwinde!»

Underdesse sind schwarzi Wulche am Himel derthärchoo über de Halauerbäärg ie. S hät uusgsäh, we wenns wel e Gwitter gee. Und vor sälbem hät es Mareili

Reschpäkt ghaa, sid be ene mol de Blitz is Chömi gschlage hät und i s Müllerchöbis Bappele! Und dro grad nomol i d Schtägeschtapfe vo enem Huus im Hinderdoorf, wo e Zehntehuus gsi säi mit dene gootische Schtaaschtapfe über s Tach. Doo sind Schtaa dervo uf s Blächtach abepolderet und hend en Risekrach gmacht. Und s Mareili ischt ganz elaa dihaam gsii. D Hofwislermäitli sind haamgschobe, über d Schtrooss, vorhär, und d Eltere no nid dihaam! Und dro häts e Überschwemming ggee dur s Doorf, will neemer d Schwell vom Bachletgrabe gricht hät. Mi het schier chöne Schiffli fahre der Doorfschtrooss, und enen Chär häts ghöörig überschwemmt, aa Saueräi! Alls voll Schlamm und Chrottechröös! Di Groosse hend e Rummete ghaa derwäge!

Iez renneds, wa giisch, wa häsch, über Fälder und Wise haamzue, das au no vor em Gwitter däi säjid. «Dasch d Schtrooff für s Hinderüggsle», tenkt es Mareili, wos ghöört tundere. Vor luuter renne chunnts de Siiteschtächer über und mo en Augeblick schtillschtoh. Di andere lueged nümme-n-ome. Jedes rennt sim Huus zue durhaam. Wo doo es Mareili au haamcho isch, so saat d Mueter: «Hä du aarm Chind, mosch du däwäg schwitze vor Angscht!» Und dro häts aagfange biichte und verzelle, und d Mueter häts is Bett gschickt, aber hantli! Und da so naamis numme voorchömm, verschtande!

Iez goht es Mareili au zun andere in Acker dure; de Chratte isch underdesse scho lang voll, aber vor luuter schtudiere und troome merkts da iez eerscht. D Mueter rüemt s Mareili, iez säi si z fride, da gäb de Hööre oordli z frässe! All zeme hend Tuurscht. Si sitzed under en Öpfelbomm in Schatte und nemed no en Mumpfel z ässed, aber Hunger hends nid grooss. Hüt regiert de Tuurscht! Derbii tenkeds draa, da jo eerschte Augschte und da zoobed d Eerscht-Auguschtfiir ischt. Si chönd vom Acker uus scho de Holzschtooss säh uf em Lugmer obe. Da giit dro e Risefüür, wo is Chläggi abeschinnt, we mes aazündt zoobed. Aber vorhär singt amed uf em Doorfblatz de Gmischtechoor e par Vatterlands-Lieder, und de Preesi oder suss naamer Bessers, hät e Aaschprooch, derwils d Chind langwiilig tunkt bem Zuelose. Si wettid lieber scho Rageete abloo oder Knallfrösch und «Frauefüürzli». De Schtammli hät en ganze Voorroot dervo. S Mareili hät blooss amed bengaalischi Zundhölzli.

De Vetter Ärnscht, wo au derbii isch hüt bem Äärne, nimmt de Gältseckel vüre: «Sedoo Mareili, chaasch der naamis chauffe», und giit im en Fufzger. Är isch suss en Schparsaame, aber gliich en Guete. Au si Schwöschter, d Bäsi Lisi. Und eerscht d Mueter von-ene! Si ischt scho aalt und au wenge aaltmoodisch. Im Winter goht es Mareili mangsmol häre und frooget, öbs naamis chön poschte is Lorenze Lädili. Dro truckts amed de Hueschte-n-usse, bis d Rohrgrosmueter saat und derbii d Hend über em Chopf zemeschloot: «Du aarm Chind, häsch so de Hueschte und däwäg e churz Röckli aa!» Derbii goht em doch s Röckli bis a d Wade-n-abe. Dro goht amed die Grosmueter i d Chuchichammer usse mit eme Suppelöffel de Hend, chuunt mit em Löffel voll «Hung» ome und haasst en s Mareili noonand abschläcke, suss lauff er abe. Und uf da häts äs jo abgsäh ghaa! De Löffel Honig!

Si gönd wider a d Aarbet. Iez taar s Mareili im Schatte bliibe. Äs freut sich uf de Oobed und singt vor sich häär: «Ich bin äin Schweizerknaabe und haab dii

Häimat liib.» «Isch jo gaar nid wohr», fuxet de Vatter ennedure. «Bisch doch e Mäitli.» «Oh duu, mir mönd da Lied eso singe zoobed!»

Am Nomittag taar s Mareili zeerschte in Lade vüre goge e Troopehüetli us Bascht chauffe. Äs hät e füürrooti Nase und d Huut schellt ab draa, au an Ärme. Dro mos wider Ähre ufläse. Mi töör nüüt z Grund goloo, da wäär e Sünd!

Bem Zoobedässe verzellt de Vatter: «De Müllerchöbi hät doch doo vor üüs de Toomass als Chnächt ghaa. Dro, won-er be üüs gsi isch, hät er emol bem Zümis verzellt, de Chöbi häi amed gsaat, wenns Bohne und Schpäck gge häi: «Iss Suppe Bueb, iss Suppe» und häi em grad nomol en Täller voll gschöpft. «Mann, den isch de Schpäck guet!» Jo, und dro het er amed chöne brüele, will er kani Bohne und kan Schpäck me abeproocht häi nohär!» «Awa, mosch doch nid alls glaube, wa dä verzellt hät! Dä hät öppedie vil gschwätzt, wenn de Tag lang gsi ischt. Aber schaffe, sälb hät er chöne! Wo-n-en vor Johre sin Vatter vo Italie prooht hät, so hät er no nid emol chöne über de Tisch ieluege und ka Wörtli tüütsch schwätze und verschtoh. Isch halt en Siziliaaner gsii, aber treu. Zeerschte hend-en mir ghaa, dro de Müllerchöbi, denn de Gmaandschriiber und nohär de Preesi uf der ‹Wettibrugg›. Isch immer im Doorf plibe goge deene.» «All Lüüt kenned de Toomass, sicher iez scho a di zwanzg Johr.»

Si gond wider a d Aarbet. De Vatter holt de Laaterewage. Mi mo no da bitzili Eemd lade im «Töösler». Am Bäärg obe giits e kas hüür. D Sunn hät d Wise verbrennt; s hät Riss im Bode vor Tüeri. S Mareili und s Röösi mönd mit. Di andere schaffed uf em Fäld wiiter. S Emmi chunnt derthär mit em Maxli a der Hand. Äs isch scho vier Johr ghüüroote und wohnt ime Huus im Underdoorf. S hät en Brunne dervor.

Wo äs doozemol z Basel a sälbere Schtell gsi ischt, so häts ame fräie Tag de Albärte-Jakob aatroffe. Däsch in-ere Närvehäilaaschtaalt als Hilfswäärter aagschtellt gsii, s Emmi häts gaar nid gwüsst ghaa. Und dro hends enand alläg s Haaweh vertribe und sich amed wider troffe. So isch es choo, da zmool es Emmi be-me Bsuech dihaam dä Jakob au mitproocht hät, und glii drüberabe hends vom Hüüroote gredt. De Eltere häts schier d Schtimm verschlage; da Emmi isch jo eersch grad zwanzgi gsii. Aber si hend schliesslich nooggee. De Jakob hät e Huus chöne chauffe. Hät au Land vo dihaam überchoo und Räbe derzuehäre. Im Sommer hends ene Gwäärbli psoorget, und im Winter hät de Jakob der Waffefabrik z Neuhuuse gschafft. Scho nüü Monet über s Hoochset abe, isch de Maxli uf d Wält choo, und e par Johr druf no s Marliisli. Aber es Mareili mo die Chind vilmol hüete. Nid immer so gäärn. S isch jo sälber no e Chind und wett meh fräii Ziit haa. Dro haassts aliwil: «Mosch goge d Chind ufneh no der Schuel und dro au zo-n-is choo däi und däi häre. Und dasch mangsmol müesaam. Mol isch em de Maxli druus, de Gang vüre und hät wele d Schtäge druab. Äs hät graad s Marliisli uf em Häfili ghaa und aamfacht noonand a d Wand häregschtellt und isch im Maxli noo, dan-er nid abeghäji. Underdesse isch aber s Marlisili omghäit und hät e Büüle a der Schtiirne ghaa. Da hät aber naamis abgsetzt vom Emmi nohär!

Und iez chunnts also derthär und frooget noch em Mareili. «Dasch graad mit is Eemd und nid doo iez, wägewaa?» «Mir wettid zoobed a d Riifallbelüüchting und söttid e Chindsmagd haa; s Mareili hät jo Ferie und cha dro moorn usschlooffe.» «Jaa näi, also so goht da nid», mischt sich s Kläärli drii. «Es Mareili hät au eerschte Auguscht und mir alli au. Bliibed ir im Doorf, dro chönd er gliich zun Chinde luege. E andermol isch au no Riifallbelüüchting.» Si chömed schier Schtriit über derwäge. «Und ich ha mich scho gfreut uf de Oobed», muulet s Emmi. «Bisch iez e Frau mit Maa und Chind, häsch wele ase haa! Sind er überhaupt scho fertig mit euere Äärn?» «Häjo, mir hend nid sovel und de Jakob chlutteret naamis dihaam. Ha gsaat ich göng zu eu, är söl dro s Marliisli ufneh.» «Jo, du bisch e Glatti, so wett ichs au mol haa! Hock mit em Chläine in Schatte dure.» Aber de Maxli wott nid. Är hanget der Grosi a s Furtuech und hät an Tuume im Muul. «Chomm, mir trinked iez Süessmoscht, to din Tuume-n-usse», macht si und holt de Schlegel us sim Loch, wo ka Wasser me drii isch, no no Schatte und Graspösche. Girig trinkt de Maxli us em Bächerli, und s isch neemertem me drum. Äigentlich hettids jo au chöne Fiiroobed mache. Moorn isch au no en Tag! Und isch eerschte Augschte! So mached sis au. «Waa ghäit mich, isch jo baald serssi. Moorn dro wider», saat d Mueter, und s Emmi macht e chläi wengili en Lätsch, wills im Jakob de Pricht mo bringe, s well neemert hüt ene Chinde luege.

Wo di andere us em Eemd chömed, schtuuneds, da d Mueter und s Kläärli scho dihaam sind. Si verzelled wa gloffe-n-ischt, und de Vatter wunderet sich, da d Mueter dem Emmi emol nid noogee hät. Und s Mareili isch froh drüber! «Jo, wen ich nid gsi wäär, wär waass?» macht s Kläärli. Und dro hilft me enand da Eemd ablade, bsoorget de Schtall, giit de Säue no Znacht, jagt d Höör is Hüüsli und isset dro no naamis. Und dro wüürt gfiiret im Döörfli, we all Johr, und we all Johr goht me mitenand a s Füür uf em Lugmer und isch froh, da me der Schwiiz dihaam isch, Fiiroobed hät und e guet Johr. Und ziitewiis chlöpfts om am ome und d Mäitli hend Angscht vor de Buebe, wills übermüetig tönd und ene noorenned mit de «Frösch». S isch we immer. All Johr s gliich und doch immer wider e-n-Erläbnis!

Vom Räbwärch, vom Huushaalt und wa suss no goht

Es herbschtelet scho ghöörig. Am Morge schtiigt de Näbel uf, und wenn er dro vergoht und d Sunn über alls ieschtrahlet, so tunkts es Mareili, de Herbscht säi di schöönscht Johresziit. D Bömm färbed eni Bletter, und mi cha di eerschte Härdöpfel in Chär ieträge. Im Bommland riiffet au alls; d Mueter tuet scho d Büelerzwägschte abe. Si schtoht uf ere Laatere und hät en Chratte om de Buuch. Am Bode noo mo s Mareili di abeghäite Zwägschte zemeläse zum Schnapse. Es muulet: «Der Hoffningsbundschtund mo me verschpräche, me trinki nie Alkehool, und ir schnapsed und mached Wii us de Truube!» Aber d Mueter maant, da verschtöng äs blooss nid, und schtreckt sich uf der Laatere so wiit das goht. D Eschtli hanged poorzet voll Zwägschte, aani schööner weder di ander! «Jo, aber de Vatter trinkt all Morge e Schnäpsli ase nüechter. Dro schimpfscht au mit im derwäge», giit s Mareili nid noo. «Und andertags trinkt er au Wii!» «Häsch tenk de Vatter no nie mit eme Tiirggel gsäh!» «Jo da scho nid, aber de chläi «Chriesel»! Dro gragöhlet er amed, und s Mareili hät Angscht, wenns sött an im dure mit der Milch i d Hütte. Jaa jo, iez mo me d Milch nümme dihaam zentrifuege; iez cha me si der Milchzentraale abgee. Vorhär hät me si möse der Chuchi in e Zentrifuege lääre, wo en «Schnägg» drii gha hät. Dro isch uf aar Siite Magermilch, und uf de andere de Niidel zu de Röhre-n-ussegloffe. D Magermilch für d Säue und de Niidel zum

Puttermache druus. Dä hät me in chüele Chär abegschtellt, bis men, am Tag vor em Määrkt der Schtadt inne, im ene Rüerfässli us Holz uusgrüert hät. Es Mareili hät mangsmol möse trülle draa, bis em schier d Ärm abghäit sind. Aber zmool häts grumplet im Fässli und drininne häts Puttermöcke ghaa, wo d Mueter zu schööne, gääle Putterballe zwägpätschlet hät. Die ischi am nöörschte Tag, mit em badische Bähndli, goge i d Schtadt bringe uf de Gmüesmäärkt, zamt Äiere und wa me graad gha hät. D Schtadtfraue hend amed, amel au di aante, scho planget uf der Mueter iri Waar, will alls so appitiitlich uusgsäh hät.

Iez schtiigt si ab der Laatere und läärt de Chratte voll Zwägschte in e Harässli. Da giit me dro, di ganz Waar, wo me überhaupt cha ermangle, im Depo vorne im Doorf ab. Vo däi füerts naamer i d Konsärvefabrik uf Halau abe zum Verschaffe. Mangsmol mo ame Samschtig aani von Mäitlene goge hälfe däi, psunders i der Beeriziit. Suss gieng d Waar über de Sunntig kabutt. All Lüüt vom Doorf hend so-n-en Vertraag mit der «Hero»; derfür chömeds d Beerisetzling vergäbe-n-über, und d Bohnechäärne au. Jaa im Chläggi wüürt vilsiitig puuret! Me hät Wise und Äcker, Bommlender und Beeriblätz und Räbe! Die sind schier d Hauptsach!

Es Mareilis Eltere hend zimmlich vil Räbe; jede Wingerte hät en andere Name. De «Hasenacker», es «Loo», de «Bäärgwingerte», de «Müliwäg», d «Fuchshaalde», d «Chüürbse», de «Churzewäg»! «Haseäcker» hends sogaar zwee. Ann ghöört im Chueret. Däi mo me di wiisse und di blaaue Truube i aa Gschier herbschte. Iez zwoor nümme. Sälb isch verbii! Vorhär hät er amed e Fässli Barbeera choloo und dro under sin neue Wii gmischlet. Und ischt als eerschtklassige Oberhalauer verchauft woore! De Vatter hät en mangsmol zrächtgwise, aber de Chueret hät no glachet! Und dro isch er fräch woore und hät gmaant er chön pantsche! Hät be der Kontrolle vierzg Prozent Wasser im Wii ghaa, und d Bolizäi hät im d Fass versiglet und er isch suss no gschtroofft woore! Dro hät er de Wingerte im Vatter verchauft und sin Chär, won-er bem «Vreeli» vorne gmietet gha hät, ufggee. Iez psoorget er d Gmaandsmuni im Hageschtall usse und hilft suss no mit undertags.

Vo Züri bringt de Poschtili e Chaarte i s Hinderdoorf. Bsuech mäldt sich aa uf de nöörscht Sunntig! Der Mueter iri Brüedere mit der Familie. All Johr chömeds om die Ziit und läsed im Bachlet hinne d Öpfel uus, schpaziered wider emol der aalte Haamet ome und verzelled vo enem Läbe der Schtadt. Und im Mareili siini Gusiindli hend alimol so schööni Röckli aa! All Johr schier anderi! Und äs chunnt amed di sälbe über zum Uusträge! Und hett doch au mol gäärn e neus! Aber d Mueter saat alimol: «Mir ghööred der aarme Greet!» Aber iez, uf de nöörscht Sunntig, hät äs au aas! Da hät em es Kläärli vo Wäschsammet püezt. E schöö grööss! Damol mos kas aalege von andere!

Am Sunntig hends de Tisch voll bem Zümis im Hinderdoorf. D Mueter hät sich alli Müe ggee bem Choche. De Onkel Karl hät so gäärn Gräuchts, und de Onkel Emil häts immer mit de Höör! De Vatter hät sogaar am derwäge möse de Hals omträäije für e Suppe mit Riis drii für en! Si sitzed zfride däi und mached «Gsundhäit» mit de Wiiglesere. D Chind hend Süessmoscht. D Mirta und d Aliss hend au tööre mit, und es Mareili hät en Schtolz mit sim neue Röckli. «Wohär häsch da?» frooget aani, und di ander macht: «aber d Schue passed nid derzue, log, ich ha Laggschue aa!»

«Jo, und tappischt dermit in Chüedräck ie, wendt nid ufpascht», fuxet si de Onkel Karl. Är ischt Bolizäiwachtmäischter, und de Onkel Emil Schrifte-Kontrolöör be der Bundesbahn. «Schad hät de Onkel Ärnscht nid chöne choo, aber är häi Dienscht hüt.» Är isch am Zoll.

Wenn die dräi Brüedere amed mitenand dur s Doorf schpaziered, so gönd d Vorhengli. «Die dräi chömid no choge iri Renze schtrecke», hät emol en Noochber gsaat. «Hälffe schaffe cha me kan säh.»

Si gönd über Land zmittag. All zeme. Zeerscht is Bommland und dro i d Räbe. Vorhär hät d Tante Eliise, dasch d Frau vom Onkel Emil, im Mareili e par Orangsche und e Schoggelaade ggee, und d Tante Schosi hät im e farbigi Balle gschenkt. Äs freut sich a allem. D Tante Schosi isch d Frau vom Onkel Karl, und wenn die zwoo Tantene amed öppedie Lieder singed mitenand, aani obedure, di ander mit der zwäite Schtimm, so töönts wunderbaar fiin und schöö. As Emmis Hoochset hends au gsunge doo, mi het chöne maane s säjid Engel. Sälb isch aber au e schöö Hoochset gsii! All hend gfrisierti Chöpf ghaa, sogaar im Mareili hät me mit ere Brennschäär noogholffe. Äs hät überhaupt gmaant doo, es säi aani von Hauptpersoone. Hät e hällblaau Kläidli aaghaa und asigi Hoormaschle an Zöpfli. Und wiissi Schüeli. No so gäärn, wenns au vo-me Gusiindli gsi sind! Und all hend Schtrüüsli aagheft ghaa, au d Manne. Und dro eerscht es Emmi! En lange schwarze Hoochsetrock und en wiisse Schläier uf em Chopf, mit eine Mirtechrenzli druf. Und de Jakob hät gschtrahlet i siiner neue Kläiding. «Iez hät er si», hät s Mareili ghöört d Mueter säge. Und e Musik hät gschpilt am Oobed. Aber noch eme guete Zümis isch alls zeerscht i d Chilche gloffe, i Zwäierkolonne. Jede Maa e Frau am Aarm. Und veruus hät es Mareili Blüemli gschtreut us eme Chörbli. Bis an Taufschtaa vüre. Und dro isch de Härr Pfarrer vors gschtande und hät s Emmi mit em Jakob traut. So haassi da. Und jedes hät «jo» gsaat, woners naamis gfrooget hät. Und es Mareili hät derwiil möse im Bank zvorderscht sitze und muggsmüüsli schtille sii.

No der Chilche sind all wider i s Gmaandhuus und däi in Saal ue, und es hät scho wider z ässe ggee. Überhaupt di ganz Ziit! Immer isch wider uftischet woore, und d Manne hend proschtet mit de Fraue und underenand. S Mareilis Götti hät bis znacht en Ploder iigfange und hät d Zungewuurscht in Hosesack iegschoppet. Ganz gnaau häts äs gsäh!

D Chind hüpfed veruus und über en Chleeacker dure. Si nemed d Abchürzing und chömed zeerschte unne-n-am Wingerte, der «Chüürbse» aa. Send scho riiffi Truube us em Laub hange! Und fanged aa bicke draa! «Loged, doo häts en schööne.» S Mareili hät e Freud, aber de Vatter wott ka Bickete ha, we wenn d Schtore derhinder gsi wäärid. «Ich hau i scho par ab», und är nimmt es Sackmässer vüre. Iez schnabuliered all zeme. «Jaa, lang wüürt me numme waarte mit herbschte», maant d Mueter, und de Vatter giit ere rächt. De Müllerchöbi chunnt derthär. Hät grad dernäbed au Räbe. «Soo, isch de Bsuech choo?» är begrüesst di früenere Döörfler. S Mareili hät de Schnabel nid chöne phaalte und siiner Kläär verzellt wa göng. So isch da under de Chind ime Döörfli. S waasst alls wa laufft und goht, und all kenned d Schtube von andere.

D Chind schpiled mitenand, mached Verschteckis in Schöpfe und hinder de Schiitlibiige. Und der Schuel sitzeds im gliiche Zimer und bem gliiche Lehrer, und e jedes waasst, wa s ander im Züügnis für Noote hät. Au der Aarbetschuel, wo d Mäitli läärned lisme und büetze, ghöört me zeme und macht der Phause Schpiiler. Schtriitet und vertraat sich wider; s isch scho aliwil so gsii.

De Müllerchöbi laufft wider siiner Wäge, und di andere gönd haam, s Bachletwägli dervüre. Si send en schööne groosse Öpfel im Gras inne lige, und d Aliss wott en ufläse. «Taarsch nid, da wäär gschtole», wiist si s Mareili zrugg. «Dä Bomm ghöört nid üüs. Däsch is Sachräise.» D Mirta chaflet an-ere Bire. Am Bachletgrabe noo chrüüched bruuni Wägschnägge. «Pfui Tüüfel!» S Mareili hett schier an verschtampfet. Die säjid guet gege Gschwüür. We mes abeschlucki, dro schliichids am im Mage-n-ome und gäbid en Schliim ab, und alli Magegschwüür häilid, hät de Schenkelköbi mol bhauptet. Em häjids au gholffe!

Dihaam tischet d Mueter nomol uf. S giit de letscht Hammeschpäck zum Zoobed. All phacked nomol zümftig ii. Underdesse richt d Mueter jeder Familie e Broot ine Netzli und tuet no en Schnifel Schpäck derzue. Si freut sich alimol, wenn di Verwandte uf Bsuech chömed. Mi hät suss nid vil Abwächsling! We-me Vä hät, so isch me aapunde und cha schier nie furt. Hööchschtens e Räisli mit eme Auto über de Klause oder am gliiche Tag uf Züri ie, aber sälte. In-ere Puurefrau goht äbe d Aarbet nie uus! Mangmol mo me sogaar ame Sunntig no Mannehose büetze!

S isch Ziit uf de Bahnhof, die Lüüt wend haam, und si mönd halt im Vä luege und in Säue, we all Tag. S

Mareili taar no mit uf Nüüchilch dure. Wos uf em «Bückli» obe sind, sends scho de Zug z underscht im Chläggi und mönd zmool prässiere. «Sedoo Mareili, häsch en Batze. Chehr no om. Mer mönd prässiere, suss verpassed mer no de Zug.» Bäid Onkel chluubed no noonand en Zwäifrenkler zum Gältseckel uus, und dro wüürt gschnäl Abschid gnoo. Es Mareili lueget ene noo, wes renned, und dro tööscheleds haamzue, siini Batze fescht der Hand.

Am Dunnschtig drufabe rumplets von Herbschtwäge, wo zum Doorff uus fahred. S isch näblig und uuluschtig de Morge früe. S Mareili sitzt aagmummelet uf em Herbschtwage näbed de Züber und Gelte. S hät e Chörbli mit Truubeschäärli uf der Schooss. Uf em Wage sitzed no d Herbschtere, aani vo Süblinge und di ander vo Nüüchilch. D Mueter, de Chueret und es Kläärli lauffed hinnedrii. Es goht äbe zimmli obsi in Bäärgwingerte. Me herbschti zeersch däi. «Däi sind d Truube am riifschte», maant de Vatter, und so macht mes au.

Si halted unne am Wingerte, i der aalte Bäärgschtrooss. Vertaaled d Gelte und d Schäärli. «Soo, looss iez», befilt d Mueter und chroslet s Poort derue. Si schlipft im nasse Gras. All hinnedrii. «Pass uf Mareili und hau der nid i d Finger!» Si bindt iri Hutzle under em Chee. S isch no uugmüetlich nass und chaalt. Es Mareili wett aafange Truubebeeri bicke. «Taarsch no nid, suss giit da s Buuchweh vo so chaaltem Züüg!»

All schtönd im Räbgässli an Schtöcke und schniided Truube-n-ab. Gaar nid lang gohts, so rüeft aas: «Bückiträger, voll!» Hantli holet de Chueret es Bücki und henkts an Rugge. Är mo sich ganz schöö wiit abepucke, da all chönd eni Gelte driiläare. De Vatter hilft im Mareili lupfe. «Mir isch d Fädere zum Schäärli uusggumpet», töönts glii drüberabe. We me au kan Vatter hett zum Hälffe!

D Schriiberi laufft unnedure: «Giits wol uus?» wott si wüsse. «Mer sind zfride, wowoll», giit d Mueter Bschäid.

De Chueret joomeret scho der eerschte Schtund, es Chrüüz tüei im weh! Wott aber nüüt wüsse dervo, woon-en de Vatter wott ablööse. «Dasch no de Näbel, susch ben-ich no rüschtig», plagiert er vor de Herbschtere.

D Sunne chunnt vüre und es wüürt wermer. Glii henkeds d Schluttene a d Räbschtäcke und gschiered sich ab. Iez isch ganz e-n-anderi Wält! Wa doch d Sunn uusmacht! D Herbschtere schtimmed e Lied aa, aber d Hend gönd ammäg fliisig hinder d Schtöck. «Iez hemmer scho fufzie Bücki. Be am zwäite Züberli», verzellt de Chueret. Dä waass au zoobed, wa-n-er to hät!

«Soo Mareili, taarsch iez haam goge di haasse Schübling hole im Lade vorne. Has am Morge bschtellt. Gang aber vorhär der Chuchi no sälb halb Broot goge hole im Chäschtli, da mer au gnueg hend.» S Mareili folget der Mueter no so gäärn. We de Blitz macht äs sich mit s Vatters Gältseckel i de Hend uf de Wäg. Hinnedrii töönts: «Lauff aber tifig, da d Wüürscht nid chaalt wööred, und gib dihaam no vorhär in Hööre z frässe!»

S Mareili freut sich iez scho uf die guete, chreftige Herbschtschübling, wo all so gäärn hend. Dihaam giits in Hööre e Hampfle Waassechörndli und siet under eme Nussbomm im Höörgaarte scho di eerschte Nuss lige. Es schtampfet aani uf und schellt d Hüütli von Chäärne, suss sind di frische Nüsse no pitter. Es holt der Chuchi obe da Broot und e Chessili und hauts es Wägli dervüre in Lade. «E Totzet haassi Schübling mon-i haa», verlangts vom Enderli, wo de Lade füert. «Da giit no an drii, chaasch derfür an meh ässe», gschpasset de Lademaa. Är wicklet die Wüürscht in e Ziiting, aber s Mareili isch nid iiverschtande: «Ich wett haass Wasser i da Chessili und dro d Wüürscht drii!» «Jo chaasch tenke! Wohär wet ich au da Wasser neh, wenn all Lüüt sonig Aaschprüch wuurid schtelle?» Är giit ims im Bapiir über de Ladetisch und nimmt es Gält derfür. Es Mareili rennt de Hinderwäg derue, we wenn de baar Tüüfel hinnedrii chiem! Es chrääit scho vo wiitem: «Ich be doo!» All chömed derthär und schtraapfed eni Schlaarpe-n-ab am Gras, vor das a s Pöörtli sitzed. Si leged aber zeerschte naamis under s Füdle. S Gras isch no füecht. Und dro wüürt gschnabuliert! «Gäled, er passed uf, da kani Brootbroosme chläbe bliibed und dro in Zuber iechömed, susch giits Essich!» maneds d Mueter.

Gschwätzt wüürt nid vil. All hend Aarbet mit cheue. S Mareili hät en ganze Schübling in Hende und isset blooss Wuurscht! Es Schtückli Broot isch no ganz. Aber d Mueter siet alls! «Chaasch di Broot dro trochen-n-ässe, da giits nid!»

Si mached sich wider a d Arbet. Goldgääli Truube, wo me härelueget! Di allerschöönschte laat me uf d Siite. Dene saat me Schnitt-Truube. Si chömed dro dihaam uf d Laube-n-ue, schöö vertaalt in e Riitere, das lang hebed. Und, wenn de Herbscht scho lang verbii ischt, so cha me no ässe dervo; d «Elsisser» versiglet d Mueter amed sogaar an Schtiile, und s Mareili findts no am Chlaustag i sim Chlausneschtli.

Iez sinds grä im Bäärgwingerte. Dräi Züber voll! Da häts no nie ggee!

De Herbscht ischt wider emol verbii. Mi hät d Truube all gherbschtet, d Härdöpfel und d Runggele sind im

Chär, d Rääbe-n-au, und der Öpfelchammer liged all Sorte Öpfel im Schtrau. Di Verwandte z Züri hend iri per Bahn überchoo und sind zfride. Si hend sogaar e Schachtle gueti Sache gschickt für d Müe. Dasch es amed scho, bis alls ab de Bömme isch, verläse und verphackt, und dro mos de Vatter eerscht no uf e Fuerwärch lade und uf Nüüchilch uf d Bahn chärele dermit. Aber s isch halt doch naamis anders, als wenns es Obscht uf em Määrkt mööstid chauffe!

Iez wott au s Kläärli abräise an-e Schtell. S Röösi ischt scho sid em September furt. Me cha kani Fuulenzere bruuche ben Puure, wenn d Aarbet verusse noogiit! Dro sueched sich di gröössere Mäitli naame e Schtell in ere Schtadt, das däi chöned en andere Huushaalt läärne. Da schadi kanere, maaned d Lüüt, emol frömd Broot ässe!

Am liebschte wettid di mäischte en Prueff läärne, aber mi bruucht d Chind halt zum Schaffe vom Früeling bis im Schpootjohr; mo sogaar im Sommer wäred der schtrengschte Ziit amed no tüütschi Heuer und Beerimäitli aaschtelle. Und sälb isch für s Mareili inträssant! Scho wäg der Schprooch, wos hend. Und wa die alls aaschtelled und verzelled! De Chueret chöönt e Liedli singe dervo! Är isch halt faltsch woore, wills im s aantmol e Schlüüfbett gmacht hend und e nassi Fägbüürschte a d Fuessete gschoppet und eerscht no Waassechörndli under s Underliintuech gschtreut, da-n-er nohär we d Prinzässin uf der Ärbse gläge-n-ischt! Är isch halt be der Aarbet immer so uuliidig gsii. S aantmol hend en d Breme so plooget, dan-er gmaant hät, si chömid no a enn häre. Hät d Mueter gmacht: «Es hät alläg scho naamis draa. Mosch di halt au wäsche we ander Lüüt.» Doo isch si aber in-e Wäschplenescht ietramplet! «Wen-ich au nid immer vor em Schpiegel schtande we d Wiibervölker mich goge bützle, so hanich ammäg no en Liib we Marmoor!» Hät im de Vatter omeggee: «Dro häsch es we de aalt Oodem vo Hemedal. De sälb häi au gsaat, är häi nie me padet, sid en d Hebam häi und häi gliich no en Liib we Marmoor. Häi im naamer ärwideret, es gäb au schwarze Marmoor!»

Item, d Mueter hät dene Mäitli befole, si sölid de Chueret iez aber i Rue loo! Dasch e Wuche so ggange. Dro häts de Chueret nid chöne loo und hät am Zmorgetisch plagiert, wa-n-är für en liichte Schlooff häi. Är ghööri sogaar no d Mugge hueschte! Hät d Röös gmacht: «Ho, wäge dem täät ich der ammäg en Schnauzzipfel abhaue, du merktisch es nid emol, vors z schpoot wäär!» Si hend dro om fufzg Franke gwettet derwäge und dasch doo vil Gält gsii! Di eerschte Täg sind vergange uhni naamis Psunders. Dro, am Samschtig zoobed, isch de Chueret scho noch em Znacht is Bett verschwunde. I der Chuchi hend d Mäitli eni Sach gmacht: Schue putzt, Gmües grüscht uf de Sunntig und plauderet derbii. Hät nopment d Röös gmacht: «Soo, ich glaube hinicht wäärs alläg günschtig. De Chueret hät sicher e Rüüschli iigfange, suss wäär dä ame Samschtig no nid der Chachle!» D Mueter hät lang chöne weefere und too, wenn di sälb naamis im Chopf gha hät!

D Röös hät di grooss Schniiderschäär gholt us em Fadezaandli und sich parfuess uf de Wäg, d Schtäge derue in obere Schtock, gschliche. Der Chuchi ischt alls muggsmüüsli schtille gsii, no s Mareili hät es Ussepfüdele nid ganz chöne verhebe. Me hät ghöört en Tritt gare, dro im Chueret si Chammertüre, no hät sich nüüt anders grodt. Aa Schpanning i däre Chuchi! Alls anders hät d Röös nohär verzellt: Si säi also i däre Chammer gschtande mit em Taschelempli und häi im Chueret i s Gsicht zündt. Dro häi er sich umkehrt und säi uuruig woore. Si nomol abglöscht und e Wiili gwaartet. Und nomol probiert. Är häi s Gsicht schöö geg ere ghabe, si nonand d Schäär aagsetzt und abtruckt! Alls anders hend si sälber ärläbt: D Röös d Schtäge durab, de Chueret hinnedrii und hät gfluechet: «Dä fräch Siech dä, haut die mir nid de Schnauz ab! Die verwütsch ich scho no!» Dasch e Schau gsii, dä i sim Hemberschtock! All sind schier vergütterlet vor lache. Wo d Mueter wider Luft übercho hät, so hät si im Chueret aagroote, är söl di ander Siite vom Schnauz au no draanee, da wäär vil schööner. Aber eerscht am nöörschte Tag hät er sich derzue chöne entschlüüsse. No, di gwettete fufzg Franke hät er nid ussegmacht.

Derfür hät är glii drüberabe au chöne schadefroh lächle. D Mäitli hend ame Sunntig oder wenns graad derziit gha hend, öppedie Brennschääre is Füürloch vom Holzhäärd gschteckt und dro an ere Ziiting probiert, öbs d Hoor nid verbrennid. Wenn s Bapiir numme z tunkel woore-n-ischt, dro sinds mit der Schäär i d Hoor iegfahre und hend Wälle und Locke gmacht dermit. Aani schööner weder di ander! Ame Dunnschtig hät d Röös wele in «Gsang». De Gmischtechoor hät Üebing ghaa. Si ischt mit der Brennschäär vor de Schtubeschpiegel gschtande und s hät ere prässiert. So ischi mit däre Schäär grad vo vorne i d Hoor gfahre und da hät sofort prüüsselet und groche! Und d Röös hät e Hampfle Hoor glo ghaa, graad obe a der Schtiirne! Dro hät aber ann glachet! D Röös hät plääret und s Mareili hät no schier Verbaarme überchoo mit ere. Ase hät sich da Röösi neene häre traut und hät Tag und Nacht e Hutzle uf em Chopf ghaa nohär. Aber, wos am Sunntig plääret hät, so chön äs nid i d Chilche goh, so hät em d Mueter de Sunntighuet sälber über d Schtiirne abetruckt und gschumpfe: «Jaawoll, nid i d Chilche! Da fählti no!»

Es Mareili mo lache, wenns a so Begäbehäite zruggtenkt. A der letschte Chilbi, im Juli, sind es Kläärli und es Röösi zoobed is Gmaandhuus uf de «Schwung». Däi isch Tanz im Saal obe. All Johr. D Mueter häts no gwaarnet ghaa, si sölid nid eso schpoot haamchoo, es säi dro Meendig moorn! Aber fange de Morge am vieri isch s Mareili verwachet und häts ghöört. D Schtuben-Uhr hät graad gschlage. Vier Mol, und d Better der Chammer no läär, wo die zwoo hettid söle drii sii! Es hät scho taget verusse, me hät ka Liecht me pruucht! Und dro isch liisli d Chammertüre-n-ufggange und s Mareili hät bäidi gsäh und scho wele naamis säge, aber s isch gaar nid derzue choo. Die zwoo zamt de Röcke-n-aa is Bett und under Tecki ggumpet und aagfange schnaarchle we d Löchlibääre. Scho isch d Chammertüre nomol ggange und d Mueter hät de Chopf iegschtreckt: «Hä, wa han-ich au ghöört? Die schlooffed jo alli we d Schtöck!» Und isch wider verschwunde. Glii drüberabe hät de Wecker gschället. Doo hät alls nüüt gnützt! Usse hends wider möse! Ase ugschlooffe! Und ggahnet hends und hässig sinds gsii! Hend es Mareili omeghetzt, nüüt isch rächt gsii. Und noch em Zmorge hät d Mueter all dräi in Bäärgwingerte gschickt goge Räbe grase. Ase müed sinds de Hinderwäg deruegschlaarpet, i aar Hand e Schore, e wiissi Hutzle uf. Im Wingerte obe hends im Mareili en Franke verschproche, wenns der Mueter nüüt verzelli. Dro sinds hinder d Bohneschtange in Schatte gläge goge schlooffe, und s Mareili hät möse grase für dräi und dene zwoo eni Hutzle vo Räbschtäcke zu Räbschtäcke obsi versetze und wider abeneh, da d Mueter vo wiitem nid schpanni, da nid dräi a der Aarbet säjid! Und schwitze häts möse derbii! Am elfi häts d Schwöschtere ufgweckt, und die hend no zu allem häre gmuulet, das nid meh to häi! De Franke hends im dihaam hinderuggs ggee, aber s isch im Mareili nid ganz wol gsii derwäge, und a der Noochilbi zoobed, wos hät tööre an Chilbischtand goge chröömle, so häts für sälb Gält der Mueter Magebroot haamproocht.

Und iez sind d Schwöschtere furt a Schtelle und s Mareili isch elaa «Hahn im Chorb» dihaam. Es goht wiiter we all Johr. D Mueter hät derziit zum Wäsche und Büetze under der Wuche. Geschter hät si d Wösch zemegramisiert und is Holzzüberli iiglaat, i d Bläichsooda. Und hütt de Morge hät si da Dräckwasser, wos gge hät, abgläärt und e haassi Wäschlauge is Züberli gfüllt. Es schtoht uf em Läubli vor der Chuchi usse. Es Mareili will der Mueter hälffe und hät e Fägbüürschte und Saapfe in Hende; figget dermit zeerschte Schnuderlümpe und Handtüechli am Wöschbrättli und schlaapft dro s Vatters Underhose omenand. Aber d Ärm sind z churz und es giit aa Söödi uf em Bode dernäbed. D Mueter schtoht i der Chuchi vor em Holzhäärd und hät de Wöschhafe druf, scho Liintüecher drii, und di haass Lauge brodlet, da me schier nüüt me siet vor luuter Wöschtampf. Si schtoosst mit eme hölzige Chelle i der Wösch ome, schüret under em Wöschhafe vo Ziit zu Ziit mit e par Schiitli und schimpft mit em Mareili wäg dem Riseflootz am Bode. Apa, wenn d Mueter Wösch hät, so isch nid guet Chriesi ässe mit ere! Iez chunnt de Bodelumpe draa. S Mareili chnüündlet dermit am Bode-n-unne und butzt uf. Dunne goht d Huustüre und de Vatter Ärnscht schtürmt d Schtäge derue: «Isch d Mueter dihaam?» Scho isch er der Chuchi und prichtet, d Rohrgrosmueter säi gschtoorbe. Wo si nid uf säi choge zmorgenässe, so häjids nooglueget. Si säi tood im Bett gläge, allläg scho der Nacht iigschlooffe. Wa si au sölid mache? Er isch ganz chopflos. D Mueter verschpricht Hülff, und s Mareili tenkt no no aas: Iez giit mer d Rohrgrosmueter kan Honig me! Tood? Es hät no nie naamer Toods gsäh, aber es waass, da me alli inen Saarg ietuet und all Lüüt gönd amed a d Liicht. Manne, d Liicheträger, nemed de Saarg uf d Achsle und träged en in Tootegaarte näbed der Chilche. Und d Lüüt lauffed hinnedrii, zeerschte es «Laad», da sind di nööchschte Verwandte. Und s brüeled all, amel au mäischtens. I der Chilche hät de Härr Pfarrer dro e Abdanking, aber äs isch no nie derbii gsii und hät amed no vor der Schuel usse tööre zueluege, we ander Chind au. Derwiil d Lüüt i der Chilche gsi sind, hend d Tootegräber de Saarg scho ine Loch abegloo und en zueteckt, das no so polderet hät. Mi häts chöne ghööre, jawoll! So isch da, we me tood isch! Und wenn d Lüüt wider zur Chilche-nuus chömed, so isch da Loch scho teckt und Chrenz und Blueme liged obedruf. Dasch alls! Und iez gohts der Rohrgrosmueter au eso! Da macht es Mareili ganz truurig und s fangt aa vor sich häär pfnuchse: «Taar ich wenigschtens schwarzi Hoorbendel aalege?» «Dasch iez allläg d Hauptsach», schimpft d Mueter. «Gang i d Schüür abe und hol de Vatter. Dä söl goge zum Rächte luege uf em Rohr. De Vetter Ärnscht und d Bäsi Lisi wüssed sich jo doch elaa nid rächt z hällffe!»

Es Emmi chunnt mit de Chind derthär und hät underwägs es Neuscht au scho ghöört. Di Groosse schwätzed und schwätzed, und der Chuchi überlaufft de Wöschhafe! Es Mareili goht i d Schtube mit de Chläine, aber däi siets uugmüetlich uus. D Vorheng sind au der Wösch und alls schint so näcktig! Us em Wandchaschte holt s Mareili Schpilsache und gfätterlet mit dene zwaa. Aber si wend nid rächt too und schtriited. Schlönd enand mit de Buuchlötz um d Ohre und pläared dro, das numme schöö ischt. Da vertlaadet am! Guet, da s Emmi die Waar wider mitnimmt, aber si hends dro derfür hinicht zum Schlooffe doo. Iez, wo me e par Better läär hät, chunnt da öppe voor und äigentlich isch es amed no ganz glatt eso.

Es Mareili hät schuelfrei hüt, will d Lehrer Komferenz hend naame. Überobe macht de Vatter neui Zaane und für s Mareili e Bogechörbli. D Wiide schniidt er amed im Wiidenacker am Grabe noo. Är häts sälber zoge, au di sälbe im Bachlet hinne. All Johr gönd e par Zaane kabutt; all Winter macht de Vatter wider, so, wen-e Frau Handaarbete macht. Und es Mareili lueget öppedie zue. Äs isch gäärn om de Vatter ome. Dä cha am so schöö vo früener verzelle! Au verusse bem Schaffe. Wäred em Zoobedässe sitzeds dro amed in Schatte, und es Mareili loset zue und underbricht de Vatter mit kam Wort, suss nimmt er d Sackuhr vüre und merkt, we lang das scho am Bode sitzed! Und von Räbe-n-uus lueget d Mueter und macht dro zoobed en Schpruch drüber! Si waasst scho, we da Ding goht, wenn si nid derbii ischt!

Glii gohts gege d Wienacht, wider emol, und d Mueter fangt aa schueschtere. Si macht alli Finke sälber, au die von Mannevölkere. Ja-jo, mit de Schtallschue tööreds nid i d Woning! Und no naamis, der Vatter hät sich gschwoore, da be em ka Mäitli möi in en Schtall ie goge schaffe! Und häts ghaalte!

Vo-n-ere Frau vo Halau hät d Mueter Holzläischte zum Finkemache. Es Läder für d Sole bringt ere de Vatter amed us der Schtadt, und vome Mööbelhendler chunnt si Polschterschtoffabfäll über für d Obertaal. All Johr schtönd e Räije Finke däi bis z letscht, und di ganz Verwandschaft laufft i Finke ome vo der Mueter, nid no iri Lüüt! Und di allerschöönschte macht si für s Mareili! Iigfasst mit Räschtli vome Plüüschbelzchrage.

Von Mäitlene chömed i Abschtende Brief. Es Röösi isch be Züri, beme Zahnaarzt im Huushaalt, und es Kläärli isch z Biel be-n-ere Härrschaft und läärnt grad no besser französisch däi. Äs manglet es Mareili am mäischte! Wenns amed mo mit uf de Nüüchilcher Bahnhof, wenn wider aas i d Frömdi goht, so isch es be kam eso truurig we bem Kläärli! Alimol brüelets underwägs, wenns dro wider elaa mo durhaam mit em lääre Senderwägili, derwiil es Kläärli scho underwägs isch mit em Zug. Gschpässig, bem Röösi machts em weniger. Sälb hät au nööcher zum Haamchoo. Aber nid blooss da. Es Röösi ischt vil schtrenger mit em Mareili. Wäge em häis früener nid tööre i d Reaalschuel goh, will äs uf d Wält cho säi doo no hinnedrii! Dro häis ghaasse, mi bruuchi äs für s Mareili hüete! Aber es Mareili cha doch nüüt derfür! Immer wider mos da ghööre! Und ame Samschtig, wenn d Mueter äs mit em Röösi dihaam loot zum Butze im Sommer, so tuet da Röösi no am Morge naamis. Zmittag, sobaald da d Mueter wider zum Huus uus ischt, mo s Mareili alls elaa butze, wa me no nid am Morge draa gha hät. Und s Röösi anglet sich d Chläggauer-Ziiting und es gääl Heftli und hocket dermit uf de Läublitisch mit aazogne Baane, da s Mareili cha drundervüre butze mit Wasser und Fägbüürschte. Und dro no d Schtäge und de Huusgang, und zletschte d Chuchi. S wüürt em amed ganz trümmlig derbii. Und wenns maant es säi fertig, so chunnt die tunders Röös und fahrt mit eme Zaagfinger über all Liischtli ie, öb äs au abgschtaubet häi überaal! Wenn nid, so chas no mol derhinder!

E Noowisili sii ischt au nid alls! Es Mareili täät gäärn vil meh Schpiiler mache mit andere Chind. Mangsmol chömed d Hinderdöörfler vor s Fööschtis Huus zeme und mached «Fuläi» oder «Ist dii schwarze Köchin daa?» Da tunkt äs aamfacht schöö. Und öppedie sitzeds uf s Benkli vor eme Huus und singed mitenand ame Sunntig zoobed, d Buebe und d Mäitli, was halt so chöned. Nid no Schuelerlieder, näi, au Schlager, ghöört von groosse Gschwüschterte. Di mäischte cha s Mareili: «Ich hab mein Herz in Heidelberg verloren», «Was machst du mit dem Knie, lieber Hans» oder «Oh Donna Klara, ich hab dich tanzen gesehn» und «Trink, trink Brüderlein, trink, lass doch die Sorgen zu Haus». Und dro no «Fern im Süd, das schöne Spanien», da töönt am beschte. Wenns dro aber d Mueter ghöört, so rüefft si im Mareili glii überue. Si hät no gnueg vo doo, wo äs no chläiner gsi isch. Doozemol häts amed de iiquartierte Soldaate au so Sache voorgsunge und isch dro mit em Schüürzli voll Batze haamchoo, und d Mueter hät gschumpfe derwäge!

Me hät e grüeni Wienacht ghaa und au am Neujohr no kan Schnee. Aber hüt de Morge liit e wiissi Tecki überaal! Es Mareili schtiigt uf d Laube-n-ue und suecht de Dawooser-Schlitte vüre. Er hät roschtigi Kuufe! Aber hüt isch Dunnschtig und me hät zmittag fräi. Iez hät de Füdleschlitte uusteenet, enggültig für äs! Di Groosse sind wider abgräist und neemer cha-n-im de Schlitte schtriitig mache. Schad, da me zeerscht mo i d Schuel! Underwägs wüürt enand zuegjohlet, und es Mareili verwütscht e Schneeballe is Gsicht, klaar, vom Schtammli! Söll no waarte! Aber äs ziet de Chürzer; mit de Buebe mo me sich nid iiloo! De Schtammli riibts zümftig ii mit Schnee, und wos der Schuel aachömed, hends rooti Chöpf vor luuter ometobe!

De Chachelofe im Schuelzimer ischt scho haass; d Frau Tanner, wo d Pedällin ischt, hät en zümftig gfüüret. Die, wo en Öpfel bii sich hend, leged en is Oferohr ie zum Pröötle. Wäred der Schtund ghöört mes zmool brutzle und es schmeckt guet dervo! De Härr Huuser verzellt de Neuscht: Si welid e Schüelertheaater mache! Und dro wüürt gwärwaasset, wär töör schpile. D Schriiberelse chunnt e Hauptrolle-n-über, und von andere chömed di mäischte au draa. Es Mareili mo e chläi Engili sii! Dasch en Lärme der Klass und e Züüg! De Lehrer mo schimpfe: «Wenn da so goht, dro lömmer alls sii!» Au, da nützt! Jaa näi, sälb wett me scho nid.

I der nöörschte Ziit wüürt fliissig güebt drufhäre. Chuum, da me taar emol mit der Schuel goge schlitte! Me proobet und proobet, s isch gaar nid so liicht mit allem. Bis da aanigermoosse z chlappe chunnt! Psunders de Räige, wos mönd mache. Jaa-jo! Dasch dro numme bloos der Schuel; dasch im Gmaandhuussaal uf der Büni! Be der Hauptproob goht alls schieff und de Lehrer verzwiiflet schier! Aber, dro gilts Äärnscht! De Sunntig chunnt, und i der Ziiting vom Samschtig schtohts uusgschribe! Iez haassts aber, sich zemeneh! D Mueter schickt es Mareili zu der Wäibelmäärt, si söll so guet sii und äs schöö schträhle. D Määrt macht da gäärn und nimmt sogaar no d Brennschäär vüre, zum s Mareilis

Hoor chöne besser bendige. Und bindt im e groossi, wiissi Maschle drii! Aber da tunders Chind goht nid grad haam, näi! No mol abegschlittet mo sii hinder de Kappäll, hinnedrii de Schtammli. Es Mareili hebt sich mit bäid Hend hinne-n-am Schlitte und cha ase guet wiise. Schier am End vo der Schlittebahn saust aber vo hinne dä Schtammli büüchlings is ie und verquätscht em zwee Finger! Im Mareili wüürts ganz übel; s Bluet tropfet no so abe. De Mittelfinger vo der rächte Hand hät en Riss! De Schtammli blüetet us der Nase und hebt s Naastuech drunder. Im Schnee giits rooti Tröpfli. Si gönd mitenand is Schuelhuus zum Härr Huuser i si Woning. Und är verbindt es Mareili. De Schtamm-Ärnscht hät wiiter nüüt, aber me merkt, es isch im nid rächt. Tuuch tuet er s Mareili haam. Däi chimpft d Mueter zeerscht mit im, aber so naamis chas halt gee bem Schlitte! Wäär s Mareili no nid ggange! Iez chas mit dem Riseverband am Finger im Räige tanze! Und mo-n-en eerscht no i d Hööchi hebe derbii, da alls mo lache! Und äs hät doch wele s schöönscht Mäitli sii!

Au da isch verbiiggange, und iez isch au scho wider s Äxaame dure und me hät Ferie. De Früeling isch doo und d Härdöpfel mönd in Bode, d Räbe mo me hacke, alls goht, we jede Johr. I jeder Johresziit hend d Puure en Huuffe z tond!

De Zürimiggel taar e Wuche i d Ferie choo. Es Mareili freut sich druf. Aber de Miggel nimmt nid groos Nodiz von-im. Är hocket di mäischt Ziit im Schtall bem Vä und ben Mannevölkere. Dasch inträssanter für en. Und ässe tuet er wen-n-en Tröscher! D Mueter freuts, dan-er mag. Si hät nid gäärn Neuser am Tisch! Aber ame

Oobed mönds scho lache. S giit pröötleti Härdöpfel zum Znacht. De Miggel schuuflet siini noonand ie und nimmt derzwüsched en Schluck Milch-Kaffi. De Chueret hocket dernäbed und laferet di ganz Ziit zum Vatter dure über de Tisch, aaschtatt z äs700
se. Won-er mol in Täller abelanget mit em Löffel, fahrt er im Lääre omenand! «Bisch du da gsii Kärli? Dir sött me iez doch en zwäite Uusgang bore!»

Vom Verzie und vom Schtrooffe

No de Äxaameferie goht wider s Schuelerläbe-n-aa. Iez isch es Mareili i der sersste Klass. Äs isch doozemol scho mit knapp serss Johre i di eerscht choo. Aber dro häts e neu Schuelgsetz ggee, und e Johr lang kani Eerschtklässler, will me hät möse sibni sii vo däi aa.

De Härr Huuser vertaalt di neue Büecher und Hefter. Me sitzt iez wiiter vorne ime andere Bank, aber zeme mit em gliiche Chind we s letscht Johr. Und me hät no de gliich Lehrer. E par Chind fähled. Die gönd iez uf Halau abe i d Reaalschuel. Au s Mareili wott über s Johr däi häre i d Schuel. Dihaam diskutiereds scho lang derwäge. Si bruuchtid äigentlich es Mareili zum Schaffe! Doozemol, wo s Kläärli hät tööre i d Reaal, hät disälb no zwaa Johr tuuret. Nid lenger weder di sibet und acht Klass. Iez isch da anderscht. Mi mo underschriibe für drüü Johr und da passt de Eltere nid. Aber es Kläärli hät im Mareili verschproche, äs luegi dro scho be Ziite derfür!

Si lueged i s neu Rächningsbüechli und schtuuned. Vieregg, Dräiegg, Trapeez und so Züüg! «Chömed ir us däre Zäichning?» frooget d «Rohrmaus», wo näbed em Mareili sitzt. Äigentlich haasst äs Kläärli, aber alls saat im ase. «Hä näi, aber da mömmer halt au zeerscht läärne we alls Neus.»

Und so goht es Schuelerläbe wiiter. Zun offne Fenschtere uus ghööred d Lüüt singe: «Der Mäi ist gekommen, die Bäume schlagen aus!» «Wär brummlet au so drinie? Bisch du da Hans?» De Hans mo vüre zum Lehrer und voorsinge. Schier kann Toon bringt er usse, und wa chunnt isch eerscht no faltsch! Är wüürt a sin Blatz gschickt und sid doo bewegt er no no si Muul und kan Luut loot er me usse der Singschtund!

Hüt hends fräi. S isch wider emol Lehrerkomferenz. D Mueter isch froh drüber. Im «Chimettli» riiffed d Ärpeeri, me chunnt schier nid noo mit abhneh. All Tag lüüchtets wider root zun Rabatte-n-uus. D Mueter macht sich mit em Mareili und eme aalte Scheesewage vol Beerichörbli uf d Räis. S isch de gliich Wage, wo s Emmis Chind driigläge sind. Iez bruucheds en numme; d Grosi taar en haa zum Beeri lade und was suss no giit. D Grosi! All säged der Mueter «Grosi», sid si Grosmueter wooren-n-ischt!

Es Mareili hilft schaalte a der Scheese de Schtutz derue. Bäidi chömed scho verschwitzt im Chimettli aa. D Sunn giit scho waarm; es Wätter isch prächtig.

«Hüt häts vil Beeri, mer mönd gläitig derhinder», saat d Mueter, wo si siet, da alls root schint. Es Mareili schoppet zeerscht e Beeri i s Muul ie. «Verhock mer d Rabatte nid so und puck di, häsch jo no en junge Rugge!» Aa Beeri oms ander wanderet i s Mareilis Muul, aber dro siets, da d Mueter scho baald e Chörbli vol hät, und iez laufft da Ding! Äs wett sich nid scheme vor der Mueter, wo allpott mo s Chrüüz hebe. Si schwätzed nid vil; d Mueter hät nid gäärn, we me be de Aarbet laferet. Aber si lachet zmool. S chunnt ere naamis in Sinn: «Die Taglöhnere, wo amed uf Halau zum Surbeck-Chübler i d Beeri gönd, häjid verzellt, si möjid di ganz Ziit singe derbii, das nid sovel Beeri ässid.» Bäidi lached drüber. «S wüürt nid so gföhrlich sii dermit, s hät äbe mangsmol au Fuulenzere drunder», maant d Mueter.

Wos elfi lüüt, phackeds di vollne Chörbli uf de Scheesewage und mached sich haam zue dermit. Si sind nid grä woore und mönd de Räschte zmittag goge hole. «Hütt mached mer churz mit der Chocheräi. S giit Griesbappe und zuckereti Beeri derzue. Suppe häts no vo geschter.» «Doo wüürt de Vatter nid graad begäischteret sii vo dem Zümis», rutschets im Mareili usse. «Joo, mi cha nid immer Prootiss haa, und zum Znüüni und Zoobed hät er jo Fläisch!»

Im Chueret chöönt me all Tag naamis Süesses häreschtelle. Dasch di räinscht Schläckbäsi! Dä schtriicht amed no Gomfitüüre a d Chääsli häre. «Häsch die vilne Schoggelaade gsäh und die vier Tafele Malzzucker, won-er vo der Schtadt haamproocht hät? Und dro verschoppet ers wider naame und phauptet, mi häi im alls gschtole!» «Hä, waasch jo wa looss isch mit im. Dä pfuderet amed im Züüg ome, will er Arterieverchalching im Hirn hät und d Sach numme waass, we s letscht Johr, won-er der Bolizäi gmäldt hät, mi häi im d Brieftäsche und de Gältseckel gschtole. Und hät d Brieftäsche zamt em Gältseckel no verschluderet ghaa. Ischt alls bem Ussebutze vürechoo! Und si Brülle hät er uf en Balke obe-n-a der Schtäge gschoppet geschter. Has graad gsäh, suss gieng s Theaater derwäge au glii looss! Aber so naamis cha all Lüüt träffe; me cha nie wüsse, wa alls a am härechunnt mit der Ziit!»

Jaajo, mangsmol macht me an mit derwäge! Vor e par Johre hät er e Büchs mit hertem Zwiiwachs der Mueter in e Pfanne gschtellt uf em Häärd und nid gmerkt, da si tüeri Zwägschte drii obgha hät. Wo si derhinder cho isch und gschumpfe hät, so hät er i sir Verrückti im Mareili läuffige Zwiiwachs uf de Chopf gschtriche, da me mit der Schäär hät möse derhinder, radibutz! Und dasch lang ggange, bis d Hoor noogwachse sind! «So isch mir ggange doozemol», hät im

Mareili de Vatter z bedenke ggee. «Waasch wol no, wott mer ob em Schlooffe en Hoorschnitt verpasst häsch mit dir Schäär, dan-i ha möse uf Halau abe zum Gwafföör goge z rächtmache loo. Und emol häsch mer au, won-i iignuckt gsi be, de Chopf vol Bendili und Mäschili punde, und ich has nid gschpanne ghaa, bis mich en Maa uusglachet hät, öb da iez Moode säi, und uf min Chopf tüüt.»

So i Gedanke vertüüft chömed die Beerirupfere aa dihaam. Si träged eni Beerichörbli in chüele Chär und d Mueter macht sich im Galopp as Choche. Mo zeerscht de Häärd aafüüre derzue. S rüücht und wott nid brenne. Immer graad, we me prässant ischt! Es Mareili tischet uf und zuckeret e Blatte vol gwäschni Beeri und schtellt si uf de Schtubetisch. De Chueret sitzt scho däi. Dä isch froh, das Griesbappe giit hüt. Sid der letschte Wuche hät er au no unnehär e faltsch Piss, aber är hät Schwirikäite dermit und isset vorläuffig am liebschte naamis Wäichs. De Vatter chunnt au und frooget, öbs wol uusggee häi. Si ässed und gend enand Bschäid. Aber vor di andere merked wa goht, riisst de Chueret sii Piss zum Muul uus und ghäits i am Schwung under d Chuuscht! «Soo, ir Sauchäibe», chunnts hinnedrii, «ir hend mich lang gnueg gfuxet, lieber wott-i kani Zeh als son-en Durendand i miiner Schnore!» Es Mareili pfüdelet usse vor lache, aber scho häts e Fleute von-im. «Du bruuchsch da Chind nid z haue, blooss will dich diini Zeh veruckt mached», wiist en de Vatter z rächt. D Mueter hät en güggelroote Chopf. S isch nid immer liicht, es Muul z haalte, aber si saat ka Wort. Im Fride z lieb. Si chrüücht under d Chuuscht und holt da Piss unnevüre. Es isch kabutt, we chöönts au anderscht sii! Si goht dermit i d Chuchi und schpüelts ab. Es Mareili mo s Brüele vertrucke und de Vatter saat kan Toon me, lueget de Chueret no mit eme schaarffe Blick us siine blaaue Auge-n-aa.

«Aamol isch gnueg mit im», hät es Mareili doodimol de Vatter ghöört zur Mueter säge. «Dä ghöörti scho lang i d Bräiti!» Äs häts nid gäärn, wenn d Luft «tick» isch dihaam, aber äs cha d Eltere begriiffe. S isch öppedie scho schwäär uuszhaalte und z üebe: «Liebe deinen Nächsten wie dich selbst.» Dasch es letscht Theema gsii der Chinderlehr!

Si sitzed wider in Benke der Schuel. De Härr Huuser bringt e grooss, gääl Guwäär derthär und machts uf. All sind gschpanne, öb für jedes en Brief drininne säi! Si hend nemmlich Briefwächsel mit Schuelerchind vom Bündnerland. Es Mareili mit eme Mäitli, wo Deta haasst. S hend schier alli gschpässigi Neme vo däi. Aber es macht am Freud, we me amed wider en Brief überchunnt und au an taar schriibe. Da Deta hät immer naamis Psunders. S aantmol schtecket e tröchneti Enziaane am Briefli, s andermol sogaar e Edelwiiss! Und immer schtoht vo enem Läbe i de Bäärge drii, und wa der Schuel däi so göng. Si verzelled enand schier alls und kenned sich wiiter nid; hend enand no nie gsäh!

Aber hüt, dä Pricht! Si chömid uf ener Schuelräis uf Lugmerhuuse. Scho i zwoo Wuche! All jubled und sind schier närrsch! De Lehrer hät alli Noot zum Oorning schaffe. Au är mo nootenke chöne. Me mo doch alli naame underbringe. Si chöned da jo nid i am Tag bewäältige! Es chömid zwee Lehrer mit. Guet, im Gmaandhuus hetts Blatz oder nootfalls ben hiesige Lehrer. Aber all die Chind!

Wos entlich Rue giit im Zimmer, so haasst er alli, si sölid frooge dihaam, wär naamer chöönt übernachte, oder au zwaa-drüü? Und amend au verchöschtige?

All schtürmed haam no der Schuel. Aber eni Lüüt sind am Heue und nid ome. Uf em Land mönd d Chind aanewäg verusse goge hälffe schaffe no der Schuel, da sind si sich gwennt! D Ufgoobe tööreds dro zoobed mache!

Es Mareili schtürmt in «Töösler» hindere. Däi sinds am Heulade. Ufgregt prichtets: «Si chömed vom Bündnerland zu üüs, dräi Täg lang, und übernachte mönds doch naame! Gäled, es Deta und es Uschi chönd zu üüs choo?» S wott alls mitenand zum Loch uus! «Da tömmer dro beschpräche we-mer derziit hend zoobed», giit de Vatter bsonne-n-ome. Und d Mueter, wo hinnedrii rächet, haasst es Mareili wiitermache dermit, si sött no i d Räbe. Apa, und äs überlauft schier und mo schwige!

Aber alls chunnt z chlappe! Wenigschtens sinds der Mäining. D Mueter hät d Chuchichammer gricht und gsaat, wenn si z dritte welid däi schloofe, aas dervo is «Gräbli», so gieng da. Und so hend alli Eltere uugfähr greagiert. So wiit wäär also alls im Putter. Aber, dräi Tag vor die Chind chömed, isch im Mareili gaar nid guet. Scho am Morge verwachets mit Chopfweh, und der Schuel schlooffts schier ii. Wos de Lehrer rächt aalueget, so saat er: «Du giisch es jo gschwulle! Häsch du es Zahweh oder de Mumpf?» Näi, Zahweh hät es Mareili nid. De Schuelzahnaarzt hät jo au neene naamis Kabutts an Zehne gfunde s letscht Mol. Aber unne an Ohre tots em weh, geg de Hals, uf bäide Siite. Und es gaaferet aliwil is Naastuech ie. «Gang du haam und miss d Fieber», root im de Härr Huuser, und äs folget no so gäärn. Dihaam liits uf s Kanebee und schloofft glii ii. Wo d Mueter haamchunnt, so bugsiert sis i s Bett, und si merkt sofort, wa looss isch. «De Mumpf häsch! Ich mach der grad Gramille-Omschläg.» Si bindt im Mareili e grooss Naastuech vom Vatter ase zemegwicklet under em Chee dure und macht im e Maschle uf em Chopf dermit. Wos in Schpiegel lueget, siets uus we-n-en halbe Ooschterhase! Aber es isch im gaar nid luschtig z Muet! «Goht de Mumpf lang?» wotts no wüsse. «Ja-jo, i dräi Tage isch dä alläg nid verbii!» So naamis Blööds! Und de Bündnerbsuech chunnt! Und, und, und, im Mareili isch es Brüele zvorderscht! Aber doo nützt alls zeme nüüt! Alli hend Verbaarme mit im, und s Kläärli maants guet und macht e Wanillgrääm, wo s Mareili suss so gäärn hät. Aber scho bem eerschte Löffili ziets im alls zeme im Muul und tuet weh. S isch nüüt z mache. Me mo überwerme, mit Gramille und Liinsoomeseckli, sogar mit vertruckte Härdöpfel chunnt aas derthär. S Mareili loot die Prozeduure über sich ergoh, wenn da Züüg no hilft! Aber am dritte Tag isch es no immer nid besser, und hüt chömeds vo Dawoos! S isch zum verzwiifle!

Der Schuel vorne isch de Lehrer ganz ufgregt! All mönd eni Hend voorzaage und zo-n-im as Pult. Nid emol ggrüesst hät er vorhär! In-ere Sunntigkläiding schtoht er vor der Klass und inschpiziert alli. De Ogge-Adolf schlaarpet ase schlööfferig, we immer, as Pult vüre und mo d Hend zaage. «Marsch, as Brünnili mit der, und saapf mer joo diini Tööpe, dasch jo grässlich, wadt für Truurrendli an Fingernegel häscht!» Im Fööschti-Ärnscht gohts besser. Dä isch putzt und gschtrählet und grinset zum Adolf dure. De Lehrer isch bis zletscht zfride und si sitzed in Benke we d Härgöttli, mit verschrenkte Ärm, bis d Ziit chunnt zum Abmarsch uf Nüüchilch dure, die Chind goge vom Zug abhole.

Underdesse vergitzlet es Mareili schier im Bett inne. Tööreds mir wenigschtens choge grüezi säge? Aber be ene schlooffe chönids nid guet, da wäär wäg em Aaschtecke z gföhrlich, hät em d Mueter möse erklääre. Und äs hät sich soo gfreut ghaa!

Am Nomittag, s Mareili isch graad e wengili iigschlooffe gsii, goht d Chammertüre und d Mueter chunnt ie mit eme Mäitli. Äs wel aamfacht iechoo und es Mareili säh! Da maant zeerscht es troomi! Wa, dä Rise vo-me Mäitli isch siini Deta? En Chruselchopf voll roote Hoor schtoht under der Türe und lachet äs aa! Es siet au gschpässig uus i sim Verband und ase gschwulle! Verläge saats eso vermuurggelet: «Hoi Deta, ich se suss anderscht uus, aber iez isch halt eso.» Di ander lachet: «Da kenn ich, ha de Mumpf au scho ghaa, drum taar ich bliibe. Taar sogaar zu der härelige i s ander Bett znacht, wendt wottsch?»

Es goht nid lang, sind die zwoo aa Härz und aa Seel. D Mueter mo no schtuune. Iez eerscht merkt si so rächt, we s Mareili e Gschpäändli gmanglet hät! Da Deta taar be ene bliibe und näbed em Mareili übernachte. Und si nutzeds uus! No z gschnäll sind die Täg ome, und es goht as Abschid neh. Wo s Deta goht, so wüürt es Mareili scho e wenge truurig. Aber es chöm glii en Brief über!

Es Mareili chunnt us der Schuel und isch truurig. Dihaam isch e ka Mueter iez. Si liit z Schafuuse inne im Schpitool! Hät scho e par Tag über Buuchweh klagt ghaa, und dro, wo de Vatter en Tokter gholt hät, isch es Schlegel wa Wegge mit em Chranke-n-Auto in Schpitool ggange. Si häi en Daarmverschluss!

Dihaam tööschelet es Mareili d Schtäge derue und siet, da s Kläärli verbrüeleti Auge hät. Es schtoht am Häärd und rüert in-ere Pfanne. «Isch no kan Pricht choo?» «Na-a, si ligi under em Mässer, suss wüssed mer no nüüt!»

Si sitzed am Zümistisch, all, de Vatter, de Chueret, de «Löhlinger Tubel», dem säged all Lüüt ase, no s Mareilis Eltere nid, es Kläärli und es Mareili. Neemer hät Hunger, amel schints eso. No dä beschrenkt Jakob biiget hindere! D Schpagetti lamped im uf all Siite, no is Muul wends nid rächt. Är nimmt d Hend z Hülff und so gohts; me taar blooss nid zueluege! Susch wohnt er im ene Häim, aber öppedie erschint er zmool und wett choge heue, au wenns gaar nid Heuet ischt! Dro taar er amed bliibe, bis er zoobed mo goh. Aber alimol singt er no vorhär: «Groosser Gott wir loben dich», es ganz Lied, alläg, will er wider cha goo! Schaffe isch halt müesaamer als im Häim schäffele!

Wes eso am Tisch sitzed, chlopfets a d Schtubetüre und de Schtubewiirt chunnt ie. «Tond entschuldige, dan-ich om die Ziit chome, aber ch ha tenkt, ir plangid uf de Pricht. Alls säi guet verbiiggange mit der Mueter, hends telifoniert us em Schpitool. Si säi ggoperiert und töör dro übermoorn Bsuech haa, wen alls noch Wuntsch wiitergöng!»

All schnuufed uf, und de Vatter offeriert im Schtubewiirt e Glesli Wii, aber dä mo goh; be em schtöng de Zümis au paraad! Hät alläg au bessere Wii derzue, weder dä Puurligäägger! Reälle chunnt doo blooss ame Sunntig oder we-me Bsuech hät uf de Tisch! De Schtubewiirt isch au no grad de Poschthaalter im Doorf und hät e Telifoon. Suss schier no neemert.

Am Nomittag hät s Mareili Lismerschuel. D Aarbetschuel ischt grad ime Zimer obe-n-a der Gvätterlischuel. Iez hends sid em Früeling e neui Lehreri, nümme d Frau Chräbs. Zu sälbere isch äs nid so gäärn ggange. Mol hät si gsaat, äs chön schpööter sicher i sim Maa nid emol e Par Socke lisme! No wills nid grad kapiert hät, we me de Färse und es Chäppli macht ame Schtrumpf!

Be der Fräuläin Pfund isch alls vil schööner; si hät meh Gedult und me taar sogaar e Liedli singe bem Schaffe. Mäischtens d Dora vo der «Hofwis» und es Mareili mitenand. Es Mareili obedure und d Dora di zwäit Schtimm. Dro sitzt d Lehreri zu ene in Bank ie und macht jedem e Schtückli vo sir Aarbet wiiter derwiil, und si schaffed alli vil besser weder vorhär! Die, wo s nöörscht Johr i d Reaal uf Halau gönd, töored e Turnkläidli nääje. Däi mo me halt aas haa. Däi häts e Turnhalle und alls goht noobler weder be ene! Doo turnet me no in gwöhndliche Kläidere. Aatwäder im Gvätterligaarte oder uf der Gmaandswis unne-n-am Doorf. Be haassem Wätter au im-ene Bommgaarte am Schatte.

Si läärned mit ere Maschine nääje iez. Dasch glatt, aber au ufpasse mo me, suss gohts dernäbed. S isch no aani zum Trampe und ame Rad aagee, aber im Mareili machts Gschpass!

S isch Sunntig. S Mareili taar mit em Vatter und em Kläärli goge d Mueter bsueche im Schpitool. Si mönd uf Nüüchilch dure lauffe; wend uf s Halbizwaa-Zügli. Underwägs plauderets. De Vatter verzellt vo früener, wes cho säi, dan-er blooss no i am Ohr ghöört! Da säi so gsii: Si wüssid jo, da ene Huus früener e Zehntehuus gsi säi. Doorom säi au d Schüür eso grooss, da grad zwoo Partäie Blatz drii häjid. Di aant hinne, di ander der vordere Helfti. Ime Herbscht häi en de «Figus» gfrooget, öb är nid töör en Taal Wii be em in Chär too? Är häi aamfacht z wenig Blatz i sim chläine Hüüsli. Guet, da häi dä tööre. Es säi jo blooss, bis me de Wii möi abloo. Bisder gäbs dro au Blatz be em dihaam!

De vorder Taal vo der Schüür häi scho doo im «Lipp» ghöört, und dem siini Junge häjid aliwil Hendel ghaa mit em «Figus». Iez, wo dä het söle sin Wii abloo und ime Bücki dur d Schüür haamträge, so häi ers mit der Angscht z tond überchoo! S häi naamer gsaat, im «Lipp» siini Kärli welid em de Ranze voll haue! Er häi pättlet, öb nid de Auguscht täät die par Bücki träge aaschtatt är sälber. Em machid si jo nüüt! Aber oha-lätz! Wen-er mit em erschte Bücki am Puggel dur d Schüür lauffi, so chöm er en Schlag uf de Chopf über und häi vo däi aa e Ziitlang nüüt me gwüsst.

Wo de «Figus» und d Mueter so lang nüüt me ghöört und gsäh häjid, säi d Mueter goge nooluege und findi en in-ere Bluetlache! Si häjid en verwächslet ghaa! Aber, es säi nohär nid an derzue gschtande! De Vatter häi en Schädelriss ghaa und säi im Schpitool glandet. Häi vo däi aa blooss no e Ruusche im rächte Ohr und ghööri wäg dem numme guet. Säi im Aafang schier veruckt woore derwäge! Und d Chöschte häi er au no möse träge dervo! Me säi scho vor Gricht, aber Züüge häi är jo kani ghaa, und die zwee Purschte häjid nüüt wele wüsse vo allem!

Wo de aalt «Lipp» uf em Tootebett gläge säi, so häjer de Vatter hole loo, är chön nid schtäärbe suss! Är säi dro ggange. De «Lipp» häi alls piichtet, wowoll, siini Kärli säjids gsii doozemol! Waa häi är chöne mache? Gält häjid di sälbe no nie ghaa und iischpeere het em au nüüt gnützt. Är häi im «Lipp» verzie und di Junge lauffe loo! Jo, so säi da ggange. Underdesse chömeds aa und es Badisch Iisebähndli schtampfet au scho derthär. Im Zug häts Lüüt, wo de Vatter kenned, und es Mareili hät en Schtolz mit im! Är isch en schööne Sunntigmaa! De Chopf hebt er aanewäg all Morge under de chaalt Wasserhahne und hät en aliwil suuber. Aber hüt! Frisch grasiert und de Schnauz gschtutzt und zwirblet! Mit eme schneewiisse Hemb und Chrage-n-aa und ere hällbruune Kleiding, wo wiissi Schrich im Schtoff hät. Und hoorschaarffi Bögelfaalte hät im es Kläärli i d Hose tempft! Mit so Oferöhrehose töör er sich nid der Schtadt zaage loo!

Si chömed z Schafuuse-n-aa. Es Mareili hebt sich ame Ärmel bem Vatter. Dasch e Gwüel uf dem Bahnhof! Luuter Lüüt, anderscht als ime Doorf! Über d Bahnlinie häts en Schtäg. Däi mönds drüber, dro sends scho de Schpitool. Si mönd is Hinderhuus; däi sind di Gopperierte. Im Mareili wüürts schier übel. We da schtinkt no Ääter! Es Kläärli giit im de Bluemeschtruus i d Hend für d Mueter. En Huuffe Lüüt sueched noch de Chrankezimer, au si finded nid grad s rächt. Aber dro siet s Mareili ime groosse Saal, grad im allernööchschte Bett, d Mueter lige. Si freut sich, das derthärchömed. «Dasch iez schöö! Ha tenkt, ir chömed hüt.» Verläge giit ere de Vatter e Chüssli. Dasch s eerscht Mol, wo s Mareili da siet! Und d Mueter will alls wüsse vo dihaam. Und si verzelled. I alle Bettere liged Fraue und hend Bsuech. Dasch aa Gschnäder, we ame Johrmäärkt! E Chrankeschwöschter chunnt und vertaalt Fiebermässer. Da wäär ka Wunder, wen alls Fieber überchoo het i dem Tumult! Obe-n-an Better hanget e Tafele mit roote und blaaue Kurve druf iizäichnet. Wo d Schwöschter chunnt, griift si be allne de Puls und traat naamis ii däi obe. Me merkt, da si sich dä Betrib gwennt ischt. «Soo, s isch ome mit der Bsuechziit!» D Mueter hebt sich ame

Hebel, wo vome Hoogge abelampet und winkt ene noo. S isch wider Meendig und all hend z tond. Im Tätschacker mo me Bohne rupfe, und will s Mareili scho am zeni d Schuel uus hät, so mos hüt elaa de Zümis choche. Da macht äs gäärn! Äs bschäärt Härdöpfel, schniidts abenand und füüret de Holzhäärd aa. Dro tuet äs e Pfanne mit Wasser ob und d Härdöpfel drii. No e wenge Saalz derzue, da taars nid vergässe. So naamis Tumms isch im passiert, wos di eerschte Schpätzli gmacht hät dihaam. Und hät der Tante Griite z Halau doch guet zueglueget ghaa derbii! Aber äbe, doo isch es passiert, und all hends uusglachet, äs säi e häiteri Chöchin!

Iez rüschts no Saloot und schniidt dro vier Särwela i Rügel und prootets aa. Wo d Härdöpfel lind sind, läärts es Wasser drab und mischt d Särwela drunder. Dasch e Gulaasch noch Aart vom Mareili, sälber ärfunde! Äs prööblet gäärn bem Choche. Dro schniidts e vorigi Amelätte vo geschter i Schträiffe und tuet en Matschiwürffel is Wasser und loots haass wäärde. Dro tischets uf, und scho chömed di andere haam. Si sitzed glii am Tisch und ässed zeerschte d Flädlisuppe. De Vatter rüemt es Mareili. Da säi en guete Zümis hüt! Am Zuephacke-n-aa tunkts au di andere guet! Di par vorige Härdöpfelmöckli bringt nohär s Mareili in Hööre. So goht da uugfäähr dräi Wuche, dro taar d Mueter haam us em Schpitool. All sind froh. Aber si isch no schwach und me mo si no schoone. Und ässe taar si au no nid alls. Am nöörschte Tag giits derwäge Härdöpfelschtock, Chalbsprootwüürscht und Bluemechöhl. Dä mo s Mareili rüschte und wäsche. S ander Züüg psoorget es Kläärli.

Wo all am ässe sind, so suuget äs gnüsslich a naamis ome und nimmts zmool zum Muul uus und dro: «Pfui Tüüfel, dasch jo e Ruupe! Du häsch nid rächt glueget

Mareili!» Es Kläärli wiiter: «Und hät gschmeckt we-n-e suur Zückerli!»

Iez pfüdelet es Mareili usse vor lache, aaschtatt sich z scheme! De Vatter schtellts ab, aber immer wider fangts aa gigele, und hät de Vatter alläg scho am Morge ggergeret ghaa. Es hät di aalt Zitter von Mäitlene us der Rumpelchammer gholt und druf omegchlimperet. Mi hät chöne e Nooteblatt mit eme Tägscht druf under d Säite lege und dro mit some metallige Dingsdoo de Noote noofahre. Dro isch d Melodii rächt choo und äs hät derzue gsunge we-n-en Besemaa: «Pier häär, Pier häär, oder ich ghäi om!» Und dro no: «Oh du liebe Auguschtiin, alles ischt hiin.» De ganz wiiter Tägscht. Dro isch de Vatter choo und häts i d Chuchi gschickt, däi goge hälffe, aaschtatt so Blöödsinn triibe. Isch alläg beläidiget gsii, will är Auguscht haasst! Und iez pfüdelets immer wider usse, und de Vatter jagts vom Tisch ewäg: «Mach dadt usse chunntsch! Mo sich d Mueter scho wider ufrege?» Dasch sich es Mareili nid gwennt, aber es schüüsst hinder em Tisch vüre, hebt sich im Schuss a der Mueter irem Schtuel, und wil si halt no gwagglig isch, so trüdelet si zamt em Schtuel uf de Bode. Iez aber! Zeerscht lupft de Vatter d Mueter wider uf und rennt dro hinder em Mareili häär, verwütschts grad no, vor das d Schtäge derab cha. «So duu, iez häsch aber emol e Tracht Brügel verdeenet!» Und är haut im e par uf s Füdle, das chrachet! De Vatter hät e feschti Hand, und die hät bis iez es Mareili no nie so z gschpüüred überchoo! «Dasch für de lieb Auguschtiin und di schlächt Beneh vorig!»

S goht obsi

De grooss Tag isch doo! Es Kläärli hät s Mareili aagmäldt für d Reaal, und schliesslich hend d Eltere nooggee.

Hüt isch d Ufnahmeprüeffing! Es Mareili cha schier nüüt ässe am Zmorgetisch vor luuter «lo mi au mit». Es hät di sälberglismete Bauelschtrümpf aa, de Sunntigrock und d Sunntigschue. Es Kläärli lachet: «Iez täät d Tante Griite wider säge, du säjischt di schöönscht im Schtall!» Äs hät im Mareili geschter Baldriaantröpfe ggee, das au chön schlooffe, aber hinderrugs! Suss, wenn da Mareili naamis Psunders voor hät, dro chas und chas amed nid Rue gee, und da waasst äs.

Iez marschiert da Mareili mit no meh Chind uf Halau abe. Underwägs rededs nid vil; si hend suss immer sovel z prichte, aber hüt hät me anders im Chopf. Im Handcheerum sinds z Halau und d Schuelgass deruf bem Schuelhuus. No meh Chind chömed derthär. All schtüüred a s gliich Oort häre! Mi mo in oberschte Schtock ue. Dasch e Tramplete uf der Schtäge! «Chönd-er nid no meh Grampool mache!» töönts zmool hinder em Mareili. Verschrocke luegets ome. S isch en Maa. Alläg en Lehrer! «Dasch de Tschudi», saat e Chind. Däsch gschnäller überobe als si und verschwindt grad im Lehrerzimer. No zwee Lehrer siet me hinder sälbere Glastüre.

Z Lugmerhuuse hät me nid sovel Lehrer und au kani äxtra Klassezimer, und au ka Turnhalle! I dem Halau bloost en andere Luft! Si sitzed i d Benk ie und schtelled sich enand voor. Me wott doch wüsse mit wem da mes z tond hät! An von Buebe ghöört im Tokter Wäibel, und es Mareili mo grad draatenke, we de sälb em emol en Zah uusgrisse hät!

Under de Prüeffling häts Gäächlinger, Traadinger, Wilchinger, Lugmerhuusemer und natüürlich Halauer. Und d Halauer lached alli andere uus wäg enem Dialäkt! Hä, me redt doch, we am de Schnabel gwachse-n-isch!

Vo dusse ghöört me e Glogge schälle! S giit Rue im Schuelzimer und es chunt grad en Lehrer ie. D Chind schtönd uf. De Lehrer frooget aas oms ander noch sim Name. Es Mareili sitzt im vorderschte Bank und siet, dan-er en Boge Bapiir in Hende hät und druf d Neme noolueget.

Dro fangt d Prüeffing aa. En Bueb mo Zädel und Rächningsbüechli vertaale. Uf de Zädel mo jedes sin Name schriibe. Dro wüürt e Siite vom Rächningsbüechli ufgschlage. Es sind e par Gschichtlirächninge. Wär zeerschte s Resultaat hät, mo as Pult choo dermit. Iez pucked sich alli über d Rächninge. Im Mareili chömeds nid schwäär voor! Es isch zeerscht am Pult. «To du gschiider nomol noorächne am Blatz», maant de Lehrer. Aber äs findt kan Fähler und giit sin Boge-n-ab. Di andere chömed au dermit. Dro wüürt no chopfgrächnet. Au da got guet, wenigschtens bem Mareili. Alläg hend sich da Ding di mäischte schwäärer voorgschtellt ghaa. De Lehrer verschwindt mit de Böge, und scho schnäderet alls durenand. Aber en andere Lehrer chunnt derthär und vertaalt Läsbüecher. Jedes mo en Abschnitt von-ere Gschicht druus luut voorläse. Wo si fertig isch, vertallt de Lehrer Bapiir und haassts en Ufsatz schriibe vo däre Gschicht.

Wäred si schriibed, lauft de Lehrer der Klass ome und bliibt bem Mareili schtoh. «Bisch du verwandt mit s Gmaandschriibers?» Es Mareili nickt: «Jo, dasch min Onkel.» «Dro isch jo de Hans Rahm, Lehrer, din Guseng.»

Im Mareili isch da churz Gschprööch nid rächt. Alls schäächt äs aa. Wa giits au scho am Mareili z luege? Äs wüürt schier e weng närvöös! E Mäitli mit zwee Zöpf mit wiisse Maschle draa. E Sammetröckli, e grööss, drundervüre e par Bauelschtrümpf ase grumpflet, wils es hät möse lisme, das au für dräi Johr langid! Und e Par Schue aa, Gröössi dräiedriissg! Und äs isch dräiedriissg Kilo schwäär. De Vatter häts uf der Dezimaalwoog gwoge geschter. Doo häts Chind, die sind grad en Chopf gröösser als äs und au schwäärer!

Es Mareili hät sin Ufsatz fertig und giit en ab. De Lehrer schickts grad is Zimer dernäbed, zo-me andere Lehrer ie. Däi mos us eme Buech e Schtuck läse, und dro verzelle, was gläse hät. Derwiil äs verzellt, siets, da dä Lehrer lächlet. «Jaa, häsch du da grad usswendig gläärnt?» Es Mareili lueget en vertutzt aa: «Hä, ich ha s aamfacht chöne so phaalte.» Iez froogets de Lehrer, öb da immer so säi? «Jo-jo, ich ghööre äbe gäärn Gschichte.» «Soo-soo, jaa dro verzell mer emol e wengili naamis vo der Gschicht vo Oberhalau. Da hend er doch der sersste Klass ghaa, oder?»

Und iez loot s Mareili looss: «Oberhalau und Underhalau sind früener e Toppelgmaand gsii. Uf dem Gebiet hät me Uusgrabinge gmacht vo sälbere Ziit. Me hät uf em Oberhalauerbäärg e Urnefragment gfunde und waasst, das scho zur Iiseziit Lüüt gge hät be üüs. Sälb isch d Hallschtattperioode gsii, nüühundert bis vierhundert Johr vor Chrischti. Mi hät Grund zum Aaneh, da de keltisch Schtamm vo de Helveezier dihaam gsi ischt zwüsched em Lugmer und em Oberhalauerbäärg.

Aber dro sind d Röömer gege Norde uf em Voormarsch gsii gege Helveezie under em Julius Cäsar. Dur sin Siig hät er üüsi Gmaande under siini Härrschaft gnoo. Im Museeum z Schafuuse häts vo sälbere Ziit no allerhand für Bodefund. D Röömer hend au Schtröössli paue dur üüse Piet. Und üüsi Gmaande hend im Chlooschter Allerhäilige ghöört. Da waasst me, will de Paapscht Urbaan da in-ere Urkund erwähnt hät und beschtäätiget.

Aber schpööter häts e Völkerwandering ggee und d Alemanne hend üüse Doorf eroberet. So isch dro die Toppelgmaand iiglideret woore is Fränkisch Riich und dermit isch d Iifüering is Chrischtetum verbunde gsii mit de eerschte Chilche-Schtiftinge. Me waasst also, da d Alemanne im groosse Schtamm vo de Germaane aaghöört hend. So simmer, bluetmöössig gsäh, vo tüütscher Abschtamming. Mit de Schwoobechrieg simmer dro zu der Schwiiz choo.

Schpööter hät me die Toppelgmaand uftaalt und iez giits Oberhalau und Halau. Aber die zwoo Gmaande hend doozemol möse en Grundziis abgee, will s Chlooschter zu Allerhäilige de Lehensträger gsi isch fürs. Me hät dem gsaat ‹de Zehnte›. Waasse, Pier, Säue, Höör, Schooff, Liine und Haaf und Flachs. Vor allem hends e Uumengi Pier abggee, vo Wii isch no ka Red gsii!

Üse Huus ischt au e Zehntehuus gsii früener, und miini Voorfahre säjid Gmaandsvoorschteher oder Undervögt gsii. Und üüsen Gschlächtsname isch en Oberhalauer Name. Im Museeum z Bäärn hanget e Bild, wo de Josef Reinhard gmoolet hät vo der Barbara Surbeck und em Richter Johann Georg Baumann.»

Es Mareili ischt schier nid z bremse! «Dir chöönt ich no lang zuelose, aber ch mo di andere au no draaneh», hebts de Lehrer hüüf und loots zur Türe-n-uus.

Alli, wo mit de Prüeffinge fertig sind, mönd in-e bsunder Zimer und däi waarte uf d Ergäbnis. Däi häts en Ärnscht, en Hans, en Robi, en Karl oder au zwee mit em gliiche Name. S hät e Hedi, e Leeni, e Grittli, e Marili und e Heidi, und me nimmt e wengili meh Tuechfüeling uf. Aber liisli, nid das nomol Reklemazioone giit!

D Ziit goht schnäll ome, und dro chunnt de Härr Tschudi ie und verchündt, es säjid alli durechoo! Iez wüürt ufgschnuufet!

Dä «Tschudi» isch en schööne Maa mit schwarze Lockehoor und groosse bruune Auge, und es Wiiss dervo ischt schier blaau! Wenn dä aas schaarf aalueget, dro waassts was gschlage hät! Är säi dro enen Klasselehrer, aber au de Härr Plüss und de Härr Pfund gäbid ene Schtunde! Und i dräi Wuche göng d Schuel aa doo! Und si sölid aaschtendig d Schtäge derab, uhni Lärme! Und dro haut ers uhni adie z säge aamfacht zum Zimer uus!

Schtolz mached si sich uf de Haamwäg. Iez ghöört me au zun Reäälere! Iez chärelet me au uf Halau abe mit em Welo i d Schuel! D Dora vo der Hofwis und es Mareili hends prässant zum haamgoh, jedi en Zädel in Hende, wo d Eltere sölid underschriibe. Es isch wäge dene drüü Johr! Dihaam wüürt no e wengili gmuulet derwäge, aber es Kläärli verschpricht, äs lös d Eltere nid im Schtich und hüürooti no lang nid! «Und iez fiired mer mit em Mareili di beschtande Prüeffing!» Es holt de Zümis ie. Haassi Rauchwüürschtli und Roonesaloot, wo s Mareili so gäärn hät, und Härdöpfel derzue. Und dro giits zum Tessäär en Schoggelaadechueche und Kaffi!

D Ooschterferie sind doo! Im Bodenacker sääit d Mueter Runggelesoome, und es Mareili mo d Wägli schtampfe und derbii d Söömli rächt in Bode trucke. Dernäbed härdöpflet de Schmittepuur mit sir Famili. Si Frau puckt sich müesaam; si chunt scho wider e Chläis über. Si hend scho e ganzi Ziilete! Zwiling häts sogaar drunder! «Wen dä so wiitermacht, dro hät ers glii im Totzet billiger», ploderet de Chueret. Är mo d Fürili zie. S giit im neemer Antert. Wen all Lüüt für sich luegid, so wöör für all glueget, hät emol de Vatter gsaat!

«Soo, iez wäär e Rägili guet», maant d Mueter, wos mit ener Aarbet grä sind. De Chueret macht Fiiroobed; em isch es nümme drum! Är nimmt si Haue uf de Puggel und verschwindt. Es Mareili mo mit der Mueter no weng goge Soome grase der Nööchi. Si hend di chläine Soomehäuili scho derbii, mit dem hät d Mueter grächnet ghaa! Ja-jo, mi mo halt d Ziit zemeneh! «Apa», muulet es Mareili. «Die vo Züri tööred Ferie mache, no ich mo de Ferie immer schaffe!» «Und mir nid, oder hend de Vatter und ich schomol chöne i d Ferie!» Da waasst es Mareili sälber. Ben Puure isch da halt eso. Aber d Schtadtchind chömed amed zu ene in Ferie, und äs wett halt au emol goh!

Uf d Ooschtere giits z tond! Verusse sött me sii und dihaam mo me s Huus au butze und wider e Wösch mache! Es Röösi chunt haam am Karfriitig. Da isch iez vergwennt und isch lieber be sir nooble Härschaft! Aber da Johr nützt alls nüüt; wenigschtens dräi Monet mos aarucke. Oder au für vier! Bis de Heuet und d Äärn dure sind. Aliwil i frömde Lüüte de Loh gee rendiert nid! Es Mareili mo s Bett hälffe zügle. Di groosse Mäitli wend benenand schlooffe, und s Mareili sött nid alls ghööre, wa die z tuschle hend. Von Purschte verzelleds, da häts scho lang gschpanne! Und emol häts en Brief verwütscht, wo aani der andere gschribe hät. Und e Zäichning isch druf gsii: En Bomm, drunder e Benkli mit eme Pärli druf. Am Himel de Vollmoo. Und unnedraa isch gschtande: «Und der Vollmond lacht dazu!»

Iez verbanneds die i d Chuchichammer, aber dasch em gliich! We mangmol chas hinderuggs ufschtoh, wenns maaned, äs säi im Bett. Dro schtiigts amed uf de Ofe der Schtube hinder s Omhengli und ghöört alls wa lauft. Mäischtens läischtet im e Chatz Gsellschaft, und es ischt sogaar scho voorchoo, das iigschlooffe-n-isch däi obe. We sälb Mol, wo ame Oobed d Lippe-Maarte isch choge e Beckli Schmaalz vertleene. D Mueter het grad au wele is Bett, und suss isch neemer me ome gsii. No s Mareili hät hinder em Omhengli hinderuggs no d Chatz ggoomet uf em Chachelofe. Und die Maarte hät pröötschet und pröötschet und pröötschet! Wär e Chläis überchöm, wär sich verlobi oder hüürooti. Wem da si a d Liicht geeng und wem nid! Wär en Giizgnäpper säi und wär s Gält zum Fenschter uus ghäji! Si hät alläg nid vil uusgloo, bis si d Mueter erineret hät, da si nid alls töör verzelle vo ander Lüüte. Dernoo naamer cheent da Züüg wiiterprichte, und waa dro? Da gäb blooss Krach im Doorf! Mi möi sich inacht neh! Iez macht d Maarte sid doo en Nüschel!

De Vatter hät im Mareili e pruucht Welo gchauft. Aas mit eme schwarze Gschtell und uhni Geng. Är hät au ka anders, und da wöörs wol too uf Halau abe-n-i d Schuel!

So tramplet es Mareili am eerschte Schueltag däi hinder de andere häär und chunnt schier kan Schnuuf me über, wos de Aatlingerbuck derue goht. Es hocket uf sim Welo und gampet, wil d Baa e wenge z churz sind.

Si tööred beme Halauer Beck ime Schöpfli d Welo iischtelle. Si schiebeds de Hoger derue däi und schmecked scho vo wiitem, das alläg gueti Sache hät i sälbem Lade! An von Buebe rennt au grad ie und chauft sich en Znüüni. Es Mareili hät ka Gält derbii. Neemer hät dihaam dernoo gfrooget. Äs chunt amed hööchschtens en Batze-n-über, wens ame Samschtig im Vatter si Welo butzt und mit eme Petroollumpe abriibt.

Der eerschte Schuelschtund vertaalt de Tschudi d Schtundeplään. Uh, wa doo alls für Fächer druf sind! All Tag Franzöösisch. All Tag Rächne. Suss wächslet s ander ab. Zwaamol der Wuche Geografii und Gschicht. Aamol Botanik. Aamol chunt Turne draa, wenigschtens für die, wo Italieenisch nemed. Di sälbe mönd di zwäit Turnschtund für da opfere oder für s Englisch. Und ame Meendig ischt di letscht Schtund vom Vormittag für s Singe iigschribe. Und hüt isch Meendig. Di eerschte Schtunde sind im Hui dure; me cha scho par Wörtli franzöösisch! Me isch überabegrennt, schier all zeerscht uf de Aabee! D Mäitli rächts und d Buebe linggs! De Tschudi hinnedrii. D Lehrer hend e äxtraanigs!

«Mached dan-er abechömed a di frisch Luft!», töönts vom Tschudi dur de Lärme, wos verfüered.

Si lauffed i Grüpplene im Schuelhof ome und ässed enen Znüüni. Es Mareili het au Hunger; de Mage gchnuret! Iez wäärs froh, wenns naamis mitgnoo het! Und am Morge d Mueter bschisse und si Beckli mit wenge Milch und Kaffi aagschmiert, da si gmaant hät, äs häi zmorge ghaa! Dasch iez d Schtrooff derfür!

Singe hends bem Härr Pfund. All dräi Reaalklasse i am Zimer. De Lehrer schtoht am Harmonium, wos iechömed. Schloot mit bäid Hend uf jeder Siite drahäre und lueget schtreng drii! Wiist ene eni Blätz aa und loot, zur Begrüessing für di Neue, von andere Klasse e Lied singe. S töönt schöö. Isch e italieenisches! En Taal Buebe hend scho de Schtimmbruch, me ghöörts! Dro mönds Noote läse. Da haperet aber ghöörig! Und aas oms ander mo no voorsinge. Im Mareili bliibt schier d Schtimm ewäg. «Luuter!» Und dro singts halt so guet we da goht: «Wen-i dört am Bäärgli obe Gras abmääje für miini Loobe», es ganz Liedli. «Also, sitz ab! Hettisch zwoor naamis anders söle singe, aber ich trucke-n-iez e Aug zue! S nööchscht Mol losisch besser!»

Isch nomol guet ggange, aber de Pfund isch alläg suss scho en schtrenge Lehrer.

Bem Härr Plüss hends d Schprooche. Di franzöösisch und di italieenisch. Au di tüütsch! Und däi giits no Ufsätz z schriibe. Aatweder der Schtund oder als Ufgoob dihaam. Überhaupt giit am jede Lehrer Ufgoobe! Da läpperet sich ganz schöö zeme vo allne! Und es Mareili mo zeerschte no der Schuel verusse schaffe, mit andere Kläider und eme Schaffschuurz aa. Im Winter isch besser, aber suss mo äs waarte mit de Ufgoobe, bis zoobed. Und dro sitzed mäischtens noch em Znacht de Vatter und de Chueret am gliiche Tisch und läsed d Ziiting. Schtützed d Ellebögee uf und gamped mit der runde Tischblatte, da s Mareili mangmol en Tinteschlengge macht derwäge! Und dro da trüeb Liechtli obedraa! E Chrällililampe mit eme füüfezwanzger Birli drii, da de ander Taal vo der Schtube im Fiischtere liit. Jaa, e schtercheri Bire bruuchi z vil Schtroom! Und s Mareili hät derfür schier de Naseschpitz uf em Heft oder Buech. Und usswendigläärne goht au nid guet, wen immer naamer derzwüsched toderet!

So läärnts halt dro mangmol no lang, wen alli scho in Fädere sind. Und chunnt sälte vor de elfe is Bett!

Am Nomittag hends Turne bem Tschudi. Me saat hinderuggs de Lehrer no de Gschlächtsname. Immer da «Härr» veruus isch z Halau nid de Bruuch!

Iez cha es Mareili sii Turnkläidli s eerscht Mol aalege. Und di blaaue Turnschue Gröössi dräiedriissg! All wächsled d Kläider im Voorzimer vo der Turnhalle. D Mäitli hend uhni d Buebe Turne, aber all dräi Klasse mitenand. De Tschudi ärschint: «Hopp-hopp, i d Turnhalle! Ane graadi Räije, aber der Gröössi noo!» Si hend e Rüngli, bis all am rächte Oort schtönd. Es Mareili ischt schier z hinderscht am Schwanz! S macht en Lätsch derwäge, und de Tschudi siets. «Joo, du häsch derziit zum Wachse. Di chläine Flöh schtäched au!»

Zeerscht macheds Fräiüebinge und mönd dro im Kräis lauffe, an Aarm divorne und aa Baa hinne. Abwächslingswiis. Wenn de rächt Aarm vorne isch, so ghöört es lingg Baa au vüre. «Hee Härmiine, du machscht es jo kameelisch!» plääret zmool de Tschudi dur d Halle.

Iez chunt es Ringschwinge draa. Da chas im Mareili psunders! Hui, bis under Püni chunts schier mit de Baa und wott numme hööre! Dro mönds a d Schprossewand. Nohär a d Chlätterschtange. De Tschudi macht de Chlättergriff voor. Är hanget we so-n-en Sack däi, won-er sich wott obsizie! Isch halt e wengili tick om de Buuch! Doo häts es Mareili ringer. Äs isch vorhär no nie gchlätteret, hööchschtens uf en Bomm oder e Tächli. Aber iez a soner Schtange. Es truckt siini Wädili zeme, chlemmt dermit d Schtange zwüsched d Baa und ziet s Füdle noo und chlätteret scho s eerscht Mol bis under s Turnhalletach! Dro sausts derab und hät füürroot Baa dervo. Häjo, dur Riibing entschtöng Wermi, und iez chunnts da z gschpüüred über!

Dro macheds no Völkerball. S Trudi cha am beschte schüüsse! Im Mareili siini Fingerli chöned dä grooss Ball schier nid hebe! Aber si grooted i an Iifer bem Schpiil und d Schtund isch no z gschnäll ome.

So goht da Schuelerläbe wiiter. Tag om Tag. Wuche om Wuche. Me läärnt enand besser kenne. Schier all hend e psunderi Fründin ben Mäitlene. S Mareili ischt am mäischte mit em Grittli zeme. Si Mueter hät en Lade, wo si ame Dunnschtig Mittag zuemacht, wil si dro mäischtens i d Schtadt goht.

Emol, im Mäi, taar es Mareili a some Dunnschtig z Halau bem Grittli bliibe. Scho zum Zümis! Es giit Rawiooli an-ere Tomatesoose. Und äs phackt ii, mo no de Räschte dervo ässe! Und hät nohär en Mordstuurscht! Es Grittli au. D Mueter von-im isch scho furt und hät i der Chuchi uf eme Tabrättli e Wanne vol z Trinke ggricht, aber sicher nid für die Zwoo!

«Dasch Mäietrank», saat es Grittli, «man dä isch guet. S hät Süessmoscht und Waaldmäischterli drii und Blööterliwasser!» Es nimmt en Suppeschöpfer und füllt dermit zwaa Gleser. Und si lösched enen Tuurscht! Lääred s eerscht Glas i am Zug abe. Nemed nomol aas i d Schtube und mached eni Ufgoobe. Hend no meh Tuurscht und schtilled en no parmol. Wööred zmool schlööfferig und s wott numme vürsi goh mit de Rächninge! Es Grittli liit uf s Kanebee und schlooft goppel grad ii. Es Mareili waartet e Rüngli, aber s isch em trümmlig. Es phackt si Wäärli zeme, wo da Grittli numme wott verwache, und macht sich mit sim Welo uf de Haamwäg. Aber dä Schnäpper folget hüt au gaar nid! Aliwil gohts usse-n-am Doorf gege s Schtroossegräbli! Zletscht ghäits no om, und dro tappets de letscht Räschte vom Wäg no z Fuess haam. Und s ischt im gottserbäärmlich schlächt! Dihaam ferggets d Mueter grad is Bett. Si maant, äs säi chrank! Und es Mareili und es Grittli hend e ka Ahning ghaa, das i dem Mäietrank meh Wii als naamis anders gha hät!

S isch e Mäichäferjohr hüür! Und all Lüüt wöred ufpotte, si sölid goge Mäichäfer fange! De Onkel Wäibel mos uusrüeffe, d Gmaand zali zwanzg Rappe für de Liter. Im Wöschhüüsli möi mes abgee. Däi wöörids ime groosse Wasserchessi prüeit und dro gwoge, all Oobed von sersse-n-aa ab moorn!

Und ab iez mo es Mareili e Ziitlang all Morge scho am vieri zum Bett uus goge chäfere! Im Hasenacker hends e Himbeeriland, wo ame Morge d Schtuude gnottled vol Mäichäfer hanged, no halbe schtiiff vo der Nacht und schlööfferig. Me chas no so abneh! Si wuurid alls abfrässe, au an Chriesbömme. Aber däi gönd di Groosse goge schüttle. Ganzi Ambelaaschseck vol bringeds amed derthär. Scho glii no Mitternacht gönd all Purschte und Mäitli i d Mäichäfer. Schüttled jede Püschli a der Bäärgschtrooss und jede Bomm, wo Chäfer draagönd. Und hend de Plausch derbii! S wüürt allerhand für Gschpass tribe, und es haasst amed: «Soo, hend er gchäferet am Schlaatemer Baa noo?» Bis däi gönds, wo de Waald schtoht und s Lärche hät drunder. Si leged Tüecher under d Bömm und schüttled die Waar drab und schtraapfeds i d Seck ie. Da giit Chilbigält! Jaa-jo, ime Mäichäferjohr ischt immer uf d Chilbi de Zaltag dervo!

D Räbe sind dä Früeling nid verfroore und s hät en schööne Schuss Trüübli draa! Wenn alls goht no

Wuntsch, wenns ka Mähltau giit und ka Hagelwätter, so cheents en Grootherbscht gee da Johr. De Vatter rüscht d Räbeschprütze. Ime Schtendli macht er Fidriool aa und füllt da Gift ine Fässli uf em Wage. Är hät d Schprützkläider aa und en blaaue Schtrauhuet uf. Däsch ase vom Fidriool und es het kan Wärt en andere ufzsetzed. Dä sääch glii au so uus! Är schpannt e Chue ii und fahrt i d «Chüürbse» dure mit siiner Bagaasch. Är wott kani Wiibervölker be där Aarbet derbii haa! Däi dure isch er noobel! De Arthur, es Chnächtli, mo hälffe und chunt öppe gliich im Gruscht. Es luftet e wengili, und bloost dene zwee de fiin Fidrioolschtrahl is Gsicht ob em Schprütze. Von Räbblettere tropfets blaau, aber da mo sii, suss goht da Züüg kabutt! Chnütschblaau sind all bäid, wos zoobed haamchömed. De Chueret lachet: «Chönd dro moorn der Michzentraale säh, wär von Wiibere hüt gsi isch goge räbeschprütze! Wäsched sich nid emol, di aante, und hend no am andere Morge blaaui Wade.»

Vo wäge wäsche! Dä häts grad nöötig über anderi z schpotte! Hät Runtschele am Hals und an Ärme, me chöönt schier Rüebli sääie und wuurid wachse draa! Wenn d Mueter nid wuurt vo Ziit zu Ziit e Schtendli mit haass Wasser richte und die Kärli schickti goge bade drii, so cheem da dene nid in Sinn!

De Heuet goht wider emol dure und me sött e Ziitlang uf de Wise und in Räbe sii. Au es Mareili mo tüchtig hälffe, däi, wos am nöötigschte-n-ischt. «Wäär im Früeling nid zablet, und im Heuet nid gablet und der Äärn nid früe ufschtoht, dä cha luege, wes em im Winter goht!» Dä Schpruch wüürt öppedie ghöört vo der Mueter. Und au befolget! Si macht es «Vorross» be schier allem! Und ischt scho so chrank gsii! Aber si wehrt sich, und wie. Loot de Chind ka Gras wachse under de Füesse. «We-me eu naamis haasst, so mos Füür gee!»

No de Sommerferie taar me uf d Schuelräis! Me göng aber nid wiit hüür, blooss über de Rande. I der Räiskasse säi schier e ka Gält me, wills es letscht Johr e dräitägigi gmacht häjid!
    Im Mareili isch da gliich; si sind au für zwee Tag im Tessin gsii, der füfte Klass, aber äs hät doo nid vil ghaa dervo. Äigentlich jammerschad. Aber äs isch nid rächt zwäg gsii und hät gliich wele goo. Hät d Nacht dervor vor Ufgregti schier nüüt gschlooffe und dro isch im uf der ganze Räis schlächt gsii, scho im Zug inne. Es hät derwäge di ganz Ziit möse renne, da de Lehrer schier nid gwüsst hät, waa aafange mit im. Aber es hät dureghabe und isch mitzottlet. Zeerschte sinds z Lugano is Quartier, wo no meh Schuele vo der ganze Schwiiz gsi sind. Ann Lärme! Ässe häts au nid möge we di andere. Dro hends tööre mit em Trootsaalbähndli uf de Monte Bré, aber au däi isch es froh gsii, wos dobe gsi sind. Es hät sich efange gschemet! Hinder jede Püschli und Hägli isch es grennt, wos uf Gandria abegloffe sind. Und hät uusglääart! De Härr Huuser hät im amed wider en Schluck Thee is Bächerli gschenkt; är isch en Guete gsii mit im! Und no plooget. Hät alläg au tenkt, me het da Chind gschiider dihaam gloo.
    Vo Gandria, wo hinnedure so aarmsäligi Hüüsli hät, isch me dro uf e Schiff und bis Morcote gfahre. Vom See uus hät alls uusgsäh we gmoolet! Aber us der Nööchi scho weniger! Es Schiff hät under der Brugg vo Melide möse s Chömi abeloo. Alls wäär so schöö gsii,

wenns no im Mareili nid so erbäärmlich gsi wäär! Z Morcote sinds uusgschtige und hend möse die vile Schtapfe zu der Chilche uelauffe! Däi obe hät me über alls iegsäh: De See und d Bäärge und alli chläine Döörfli am See noo. Und d Lüüt hend am nid rächt verschtande. De Lehrer hät möse italieenisch rede mit ene! E aalti Frau hät mit ere Sichle s Gras abghaue für iri Gaasse, und hät derbii e Chrääze am Puggel ghaa, aaschtatt an Bode z schtelle derwiil. Sonigs hends nid chöne begriiffe! Und hät e Huut ghaa we Läder, ganz verruntschelet, en roote Lumpe uf em Chopf, an Füesse Zoggili.

Si hend im Schatte vo rächte Kaschtaniebömm naamis us em Rucksack ggässe und lauwaarme Thee trunke derzue. Dro sinds dur de Kaschtaniewaald uf Lugano zrugg gloffe und toodmüed aachoo im Quartier. Däi häts Schpagetti ggee zum Znacht. Rooti, wo suss es Mareili so gäärn hät! Und dro hends möse i d Chlappe. Ime undere Saal d Mäitli und überobe d Buebe und d Lehrer. No meh Chind hend in gliiche Sääle gschlooffe oder au nid. Dasch en Betrib gsii di ganz Nacht! Am Bode sinds gläge uf Madratzene, wo scho duregläge gsi sind, da me de Bode gschpüürt hät. D Wulltecki hends nid pruucht; s isch aa Hitz gsii i dem Ruum. Und di aante hend no lang Halotria tribe. Aber s Mareili isch alläg zmool gliich iigschlooffe, bis naamer zo-n-im häregläge-n-isch! Es isch d Fooschter-Röös gsii, wo hät möse usse und dro iri Madratze nümme gfunde hät!

Am nöörschte Morge sind d Lehrer hässig abechoo. D Buebe hend ene en Schträich gschpilt und all Schue zemepunde mit enerne! Me hät nomol en Uusflug gmacht noch em Zmorge. Damol uf de San Salvatore. «Passed uf! Ir mönd immer fescht ufträtte! Es chöönt

Vipere haa!» Wa, im Tessin häts Schlange! Und dro, im Durhaam, hends aani gsäh! Gaar nid gröösser als e Blindeschliiche, aber da säi iez aani, sone Vipere! Und hät e Müüsli halbe im Muul ghaa! S isch uf der Schtäge von-ere Gaartewiirtschaft gsii. De Wiirt hät dro e Gwehrli gholt und da Schlengli zamt em Müüsli verschosse!

Also, und iez gohts über de Rande mit allne dräi Reaalklasse! Di dräi Lehrer mit ene Fraue au derbii! Es mönd all z Halau be der Schuel aaträtte. «Verruckt, so naamis», schimpfed d Gäächlinger und d Lugmerhuusemer. «We-me doch wider dur üüsi Gmaande mo zrugg lauffe, aber me mo folge!»

So marschiereds iez im Rande zue, all mitenand. Singed e par Lieder underwägs, und es joomeret scho aani, si häi Blootere ame Fuess. Si hocket an-e Pöörtli und tuet de Schue ab. De Plüss chläbet ere e Heftpflaschter häre und lachet: «Chaasch di freue bis zoobed, mit so Laggschüeli goht doch neemer uf de Rande!» De Tschudi wüürt hässig: «Mo me eu no zeerscht a d Füess abeluege, ir Tötsch!»

Zeerschte gohts uf de Süblinger. Däi schtiigt alls uf de Turm und lueget is Chläggi abe. S isch we-ne Schachbrätt. Gääli Waassenäcker und grööni Wise! Vo Traadinge am Bäärg derue Räbe! Me siet d Halauer Bäärgchilche vo wiitem. Und über em Chläggi an blaaue Himel und Sunneschii! «Send-er, wa mer für e schööni Haamet hend!»

Si ässed Znüüni, dro gohts wiiter am Schatte dur de Randewaald. Über de Hage bis in Schlaatemer Rande hindere. Vo däi tipplet me uf Schlaaten-n-abe, aber eerscht, wo me d Wüürscht pröötlet und Zümis ggässe hät. Im Durhaam nemeds es Schlaatemerbähndli bis uf d Süblinger Hööchi. Däi schtiigeds uus und über de Lugmer gohts wiiter uf Lugmerhuuse. D Gäächlinger wend grad haam und dro am Morge uf Halau i d Schuel lauffe, und d Lugmerhuusemer hend de gliich Wuntsch. Si tööred! Schier niidig nemed di andere Abschid.

Scho am nöörschte Tag haassts der Tüütschschtund, me möi en Ufsatz schriibe über die Räis! Hett me sich jo chöne tenke, dasch immer s gliich! Zeerscht e Räisli, dro en Ufsatz! Alls muulet im Ghäime, au offe. Im Mareili isch da gliich; äs schriibt gäärn an! Hüt taars emol siini Ufgoobe grad mache no der Schuel. Es nimmt es Heft und e Underlaag und goht dermit dur s Wägli is Bachlet-Bommland und sitzt under en Öpfelbomm. Lueget zeerscht da Läbe aa, wos oms ome hät im Gras inne! Aa Chroslete! Amäise, Chäfer vo allne Sorte, und alls rennt durenand. Ame Grashalm hocket en Heuschtäfzge mit groosse, grööne dursichtige Flügel. E Hummele brummlet an-ere Bloome. Von Bömme ghöört me Vögel pfiiffe. No so par Töön. Nümme we im Früeling.

Dro fangt es Mareili aa schriibe. Und vergisst schier d Ziit derbii. Soo, dä Ufsatz wäär fertig. Es phackt zeme und trifft im Durhaam de Wäibel-Karl, sin Guseng. «Wa häsch gschribe?» wott dä wüsse und tüüt uf s Heft. «Häi, lis mers voor.» Si sitzed ab as Pöörtli bem Grabe und es Mareili list sin Ufsatz voor. «Du schpinntsch jo, wadt doo alls schriibscht vom Rande und so! Du schpinntsch», maant de Karl. «Aber sälb isch guet, wo d Buebe im Plüss e par Holzgüggel a s Hosefüdle ghenkt hend, und är häts di lengscht Ziit nid gschpanne!» Iez verschrickt es Mareili. De Plüss isch jo de Tüütschlehrer und list da dro wider! Aber so isch es halt gsii. Überhaupt triibt me vil Gschpass an-ere Schuelräis, und d Lehrer nemed da nid so traagisch. Mäischtens sinds au luschtiger weder suss, amel psunders, wenns d Fraue no derbii hend!

Uusgschuelet

De Herbscht und de Winter sind wider dure und es goht scho fescht geg de Früeling. Es Mareili mo der «Chüürbse» enne Schtäcke lüüche. Däi häts Teckräbe, wo me mo abelege über de Winter und mit Schtrau zuetecke, das nid verfrüüred. Dro mo me halt im Früeling da Schtrau wider wägneh und d Räbschtäcke ussezie und s a oordlichi Hüüffe lege zwüsched d Räbgässli. Und denn schniidt me d Räbe. Be där Sorte häts zwee Räbschtöck näbed enand. Me schniidt e zimmlich lang Zuchtholz und en «Zah» vo am Schtock. Da Zuchtholz bindt me be füechtem Wätter mit vil Gfüel zum-ene Boge und macht en mit eme schööne «Trüdel» fescht. Dä Trüdel ischt au us Schtrau, aber vo Roggeschaub. Sind all Böge gheldt, so schtoossed d Mannevölker d Räbschtäcke schöö drahäre in Bode-n-ie, und aas mo Schtäcke püüte. Hinnedrii bindt me dro die Böge a d Schtäcke häre. D Fraue hend de Schaub im-e omepundne Furtuech inne, aber är mo schöö füecht sii und guet gschtampfet, suss cha me nid guet dermit schaffe.

Und iez isch also es Mareili am Schtäcke lüüche. Im Wingerte dernäbed sind s Müllerchöbis a der Aarbet. De Müllerchöbi fuxet es Mareili: «Tuesch iez tüütsch oder franzöösisch schtäckelüüche?» Äs lachet bloss. Wa sölls au säge? Eerscht geschter häts en Maa ghöört säge, iez rennid no d Mäitli uf Halau i d Reaal. Däi wöörids hoffärtig und gäbid dro Fuulenzere. Me tääts gschiider dihaam läärne schaffe! Me möi sich nid wundere, wenn de Puureschtand uussschtäärbi bis zletscht, wenn dro die Mäitli welid Schtadtdäämli gee!

Nid alli, nänäi! Es Mareili tenkt draa, da im Mäi es Kläärli Hoochset hät mit em Robärt us der «Chroone». Ame driziete! «Dasch alläg gliich. Ich be nid abergläubisch», giit s Kläärli der Tante Lisebeet ome, wos drufhäre aaredt. Es Kläärli ischt scho immer e gschickts gsii im Nääie und macht sin Hoochsetrock sälber. Und an für s Emmi und en roote für s Mareili!

Am Oobed vor em Hoochset wett es Kläärli beziite is Bett. Alls isch gricht uf s Hoochset: Zaanene vol gwaleti und gschläupfti Chüechli und Gugelhöpf und Häfechrenz für d Goobetechind. Au d Mueter isch froh, das Fiiroobed giit. Aber si mached d Rächning uhni de Wiirt! Es Emmi schtürmt derthär und brüelet, es häi sin Rock verbrennt mit em Bögeliise! Äs hät en nomol wele schöö richte, und dro säi e Noochberi choge chlopfe, und äs häi s Bögeliise uf em Rock schtoloo. Nid lang, aber iez säi da Schtuck usseprennt. Und es hebt dä Rock i d Hööchi. So naamis. Dur und dur es Bögeliise abzäichnet, zwaa Löcher usseprennt! Die Tschaute, so naamis! Im Kläärli isch es au zum Brüele! Aber alls nützt nüüt! Äs goht a d Blätzschublade und suecht Schtoff. Iez chas no di halb Nacht a d Maschine hocke goge dem Emmi sin Rock frisch richte! Zum guete Glück findts no gnueg Schtoff und fangt mit der Aarbet aa. Im Emmi isch es gliich nümme wol, aber es isch froh drüber, suss hetts kan schööne Rock as Hoochset! «Jojo, saat d Mueter, waasch äigentlich, wadt doo wider aagschtellt häsch? E Bruut, und cha wäge dir nid emol schlooffe, wes sich ghöörti!» Es Emmi muulet ome: «Ich jo au nid, und üüsi Chind chömed amed scho so früe am Morge.» Wenigschtens cha es Mareili is Bett. Äs hät tööre am Morge mit em Vatter in Waald goge Efeu hole, und si hend e Zaane vol haamgschlaapft. Dro isch de Vatter no is Bachlet hindere und hät di schöönschte Püschli Öpfelblüete derthärproocht. Är sälber hät uf s Kläärlis Hoochset wele d Chilche schmücke! Luuter Efeu und Öpfelblüete! Mir hend en Vatter we nid grad naamer, tenkt es Mareili! Derwiil hät es Kläärli dä verbrennt Rock grettet, und es Emmi isch uf der Chuuscht obe iigschlooffe. Zmool fahrts uf. «Du häsch no Närve, schloofsch, derwiil ich dir din Pfusch zrächtmache!» «Ich waass nid, wen-ich dir mo tanke», macht s Emmi vertatteret. De Rock sitzt wider we usem Trückli und hät hinne und vorne e plüemlet Dräiegg iigsetzt, vo der Talie bis an Soom abe. We wenn da so möösst sii! «Also, so chaasch iez haam und ich entlich is Bett!»

Am Hoochset de Morge chunnt e Gwafföös is Hinderdoorf und richt es Kläärli schöö häre. Si mos e wengili ufmööble, aber zletscht schtoht e wunderschööni Bruut doo, me kennts schier numme! Au d Mueter, s Röösi und es Mareili chömed no draa. «Ich ha miiner Läbtig ka Gwafföös pruucht», wehrt sich d Mueter, aber s nützt nüüt. De Vatter well hüt au e schööni Frau! Es Röösi isch Bruutfüereri und siet ime blaaue Rock, wo bis an Bode goht, uus wen-e Prinzässin. E Nägili im gwällete Hoor. Und eerscht es Mareili! Aliwil rennts vor de Schpiegel und cha nid gnueg driiluege. «Bis nid so iitel», schimpft d Mueter, «du bischt nid d Hauptpersoon hüt!» De Vatter freut sich a dene püschelete Fraue. Jaa-jo, däi dure isch er immer so. Vor me amed sunntigaaglaat i d Chilche goht, nimmt er immer e Kläiderbüürschte und fislet a am ome, öb nid naame e Fädili oder Hoor an Kläidere säi! Me wuur nid maane, dan-er en Puuremaa ischt!

Iez isch es so wiit! De Robärt chunnt mit em Bruutfüerer und mo schtuune, son-e schööni Bruut! Me siet im de Schtolz aa! Si gönd am elfi vor Ziviil. Im-e Auto, die par Schritt! Alls zringelom lueget zue, wos iischtiiged. So naamis siet me nid all Tag! Derwiil träged di andere es pache Züüg uf s Gmaandhuus usse. Däi, im Saal obe, wüürt gfäschtet hüt, und alli gladne Gescht versammled sich scho glii. All schöö usseputzt! «Schmiere und salbe hilft allethalbe», grinset de Vatter, wo-n-er die Gsellschaft muschteret. Es sind im Ganze sächzg Lüüt! Im Saal ischt huufiiseförmig tischet. Und au däi hend Efeu und Öpfelblüete für Schmuck gsoorget. Derzwüsched liged allerhand für Blüemli. De Schtubewiirt loot sich nid lumpe! Wunderschöö isch alls gricht! Iez chunnt s Hoochsetpar mit de Bruutfüerer zrugg vom Ziviil. S wüürt vo allne Siite begrüesst und gratuliert. D Bluemeschtrüüs schtellt me zmittst uf de Tisch in-e Waase. Im Kläärli sin isch vo luuter roote Roose und Mäieriisli. Dä vom Röösi hät gääli Roose, Mäieriisli und Gröös, we de ander. Iez heftets au allne Gescht chläini Schtrüüsli a d Kläider. Und dro giits zeerschte en guete Zümis! Si mached «Gsundhäit» und ässed und trinked. Ganzi Wageladinge verschwinded! So chunnts im Mareili voor. Me hät d Chind zemegsetzt a aa Tischhelfti. S wüürt plauderet und gschpasset, und häimlich visidiert aas s ander derbii! Im Mareili hät de Vatter wiissi Schpangeschüeli zum roote Rock gchauft! Äs cha sich zaage loo! D Buebe hend tunkelblaaui Kläidinge-n-aa und wiissi Hember mit farbige Mäschli zwüsched de Chräge. D Mäitli wunderschööni Röck, psunders die vo Züri! Von Groosse isch d Tante Schosi di schöönscht! Si siet uus we en Pfirsisch und hät im gfrisierte Hoor Aschperaagus und e Nägili, e roseroots. Passt guet zum hällblaaue Siidekläid! D Tante Eliise chunnt i Hällgraau, aber noobel, mit ere goldige Chetteme am Hals, wo bis über d Bruscht abelampet. D Manne sind au usseputzt. Hend tunkli Kläidinge-n-aa mit wiisse Hembere und schtiiffe Chräge. De Onkel Ärnscht hät ka Frau. Si isch de letscht Sommer an-ere Bluetvergifting gschtoorbe, vo dräi Chind ewäg. I aar Wuche gsund und tood! De Onkel Karl und de Onkel Emil sitzed biinim am Tisch und bringed en e wengili uf anderi Gedanke! Siini Chind sitzed ben andere und hend, we all, Halotria.

Iez schtellt me sich vor em Gmaandhuus uf, immer zwaa und zwaa. Veruus d Chind, dro d Bruutfüerer und eerscht dro s Bruutpar. Alli andere hinnedrii. So gohts i d Chilche dure. Vor em Schuelhuus schtönd d Lüüt und visidiered alls. Dasch so de Bruuch. D Chind zvorderscht. Im-e Dorf ischt e Hoochset e-n-Eräignis! Dro laufft di ganz Hoochsetgsellschaft de Chilchegang durvüre. Me schtreut Blueme. Vo allne Siite flüügeds derthär. In Benke sitzed scho Lüüt, aber im hindere Taal vo der Chilche. Zvorderscht isch für di Gladne resärwiert, und si nemed Blatz. Es Bruutpar im gschmückte Bank. Wunderschöö siets uus. De Taufschtaa schtoht au däi vol Blüete und Efeu. De Vatter hät da aber guet gmacht! D Oorgele schpilt und es wüürt gsunge, vo allne. Dro bättet de Härr Pfarer und prediget und verzellt, aber es Mareili isch nid be der Sach! Es list am Chilchebank da iigchräblet Züüg, wo amed d Chind is Holz chretzed wäred der Chinderlehr! Und mo lache. Doo schtoht: «David und Salomo waren alte Sünder. Sie zogen in der Welt umher und zeugten viele Kinder. Und, als sie nicht mehr zeugen konnten, wegen ihrem hohen Alter, schrieb Salomo die Sprüche, und David schrieb den Psalter.» Aber uf eme Zädel, wo unne am Vorderbank aagchläbet ischt! Wäär isch ächscht da gsii! Iez schtoht nopment es Bruutpar am Taufschtaa vorne und wüürt traut. Me ghöört vo jedem «Jo» säge zu allem, wa de Pfarer frooget, und d Ring wöored enand an Finger gschteckt. Dro wüürt nomol pättet und gsunge, und di ganz Zeremoonie ischt verbii und es Mareili hät de Chopf nid rächt be der Sach ghaa! Es riisst dä Zädel mit dem Schpruch ab und zaaget en schpööter der Mueter. «So naamis, da taar doch nid wohr sii!» Alli mönd au lache drab. Im Gmaandhuus isch aa Gschnäder. Wenn di Verwandte emol wider zemechömed, so giits halt aa Verzellete! Zwüscheddure singed d Tante Schosi und d Tante Eliise e Lied, und s Röösi saat naamis Luschtigs uf. D Chind hend au en Biitrag, und so goht de Mittag ome mit fäschte und ässe und trinke. De Onkel Ärnscht schenkt im Mareili en Schluck Wii ii und wott «Proscht» mache. Aber iez bliibt äs fescht! Näi, äs ischt doch im Hoffningsbund und taar kan Alkehohl haa!

Über de Oobed mönd die, wo Vä hend, haam goge fuetere und d Chüeje mälche und mit der Milch i d Hütte! So isch da halt. Iez chömed d Goobetechind draa. Aas oms ander ärschint vor em Bruutpar: «En Gruess vom Vatter und vo der Mueter und si häjid eu doo naamis.» Si schtrecked der Bruut e Guwäär häre, wos e Nöötli drii hät oder au en Füüfliiber. Dro tööreds an-en Tisch sitze und chömed Limenaade über und Chüechli und e Schtuck Gugelhupf oder Häfechranz derzue. Und d Limenaade schtiigt am i d Nase und chrüselet däi, aber all tönd schüüch und sind aartig, sogaar d Buebe! Bis zletscht isch de ganz Tisch vol Chind, und d Bruut cha im Maa vorzue Gält häregee! Dä lachet: «Wen da so wiitergoht, hemmer uusgsoorget!»

Es Mareili mo a s Hoochset vo der «Botjohanne-Mari» und em «Mesmermiggel» tenke. Doo hät äs au tööre goge goobe. Und hät sogaar e Väärsli gläärnet fürs. Zmool isch dro en Hoochsetgascht zu-n-im härechoo an Goobetetisch und häts no sim Name gfrooget. Und wa sin Vatter säi? «Jo, üüsen Vatter isch nüüt», häts omeggee und zeerscht nid gwüsst, wägewaa dä Maa lachet? «Jaa, waa nüüt? Wa tuet er dro de ganz Tag?» «Hä im Schtall schaffe und uf em Fäld und in Räbe und uf de Wise und so!» «Jaa, und da isch nüüt? Dro isch din Vatter doch en Puur!» Ahaa, so hät es Mareili da no nie gsäh! Äs hät gmaant, no we-me Schriiner oder so naamis säi, gälti da. Drüberabe häts dä Maa no gfrooget, öbs au chön singe oder no naamis ufsäge! Und es Mareili ischt häregschtande und hät vor der ganze Gsellschaft ufgsaat und gsunge, was no hät chöne. Wo s Flohliedli draa gsi ischt wos drii haasst: «Oh-oh-oh, du aarmer Floh, hascht serss Baa und hupfsch doch soo!», hät alls überluut glachet, und es Mareili isch verschrocke und hät numme wele! Aber dro hends em no en Huuffe Batze in-e Guwäär too derfür und hends grüemt!

Iez chunnt e Musik und all tanzed, häjo! Und s Fäscht goht wiiter bis de Morge am vieri! Allerdings, d Chind mönd vorhär is Bett. Es Mareili mo siis taale mit der Mirta. Die hät e gschwulle Aug. Es säi e «Wäre», jöömeret si, und tüei weh! Im andere Bett liged d Vroni und d Aliss. Aber vo schlooffe ka Schpuur! Si mached Tummhäite und sind zmool numme müed. Verusse tagets scho, wos entlich iischlooffed. Aber dro chömed di Groosse derthär, alläg halbe ime Tiirggel, und verfüered an Lärme! De Vatter und de Chueret leged sich no anderscht aa; si mönd grad in Schtall abe, s isch Ziit derzue. S isch jo scho Sunntig underdesse! Di andere gönd no weng i d Fädere. Si wend aber en Kaaterbummel mache nohär. «Di mäischte Lüüt schtäärbed im Bett», saat de Züri-Miggel und liit der Schtube uf s Kanebee.

Am zeni schliirped all an Zmorgetisch. Dro holeds es Bruutpar der «Chroone» vorne und mached sich mitenand über Land. Iez tuet frischi Luft guet! De Miggel hät sich verliebt in-e Zürimäitli, wo au am Hoochset gsi ischt! E schöö blonds! Si lauffed Aarm in Aarm dervo! Und hends luschtig. Me mo d Fäscht fiire wes felled!

D Ziit goht ome we im Flug. D Johresziite wächsled ab und es isch immer naamis looss. I der Schuel oder dihaam. Iez sitzed d Mäitli graad im Wäierschuelhuus und hend Handaarbetschuelschtund. Be der Fräuläin Rahm. Si ischt gedultig mit allne. Si mönd läärne e Röckli mache. Es Grittli und es Mareili hend de gliich Schtoff uusgläse: gröö mit farbige Blüemli drii. Da-me cha säh, das Fründinne sind! Si gend sich Müe, aber si sind überschtellig und froh, wo d Phause chunnt. So cha me weng verschnuufe. S isch chaalt Winterwätter und de Wäier hät e Iisschichtli. Uf em Müürli, wo rings om de Wäier goht, sitzeds und ässed enen Zoobed. Es Mareili loot d Baa abebambele geg de Wäier und chäuet ame Wuurschtzipfel. Si hend d Mentel aa und d Schneeschue. So sitzeds däi und schlottered ammäg e wenge ase. Aber vor me waass wa goht, giit naamer vo hinne im Maerili en Schupf und es rutschet da schtiiff Gräsli derab und ghäit in Wäier ie, zamt allem. Da Iisschichtli traats nid und äs wehrt sich, chrääit und wott sich us dem iisige Wasser usseriteriere, aber es Iis bricht vorzue, und dä schwäär Mantel, wo sich immer no meh vol Wasser suuget, ziet äs absi. Iez rennt aber es Marili

Wälti mit ere Bohneschtange derthär und schtreckt si im Mareili. Chas asewäg ussezie. Alli andere sind dervogrennt und hend be der Lehreri om Hülff grüeft! Si chunnt schtuucheblaach z renne, di andere hinedrii. «Wa mached ir für Sache! Marili, bis so guet und gang mit em Mareili zu eu haam. Di Mueter söl im au trochni Kläider gee und en haasse Thee, suss chunnts no e Lungenentzünding über!» Si zottled ab mitenand und es Mareili ischt froh, das a-d Wermi chunnt! Wo die zwaa Mäitli derthärchömed, verschrickt im Marili si Mueter und hilft im Mareili sich abzie, giit im Sache vom Marili und en Thee. Füllt grad e Bettfläsche und schoppet si is Marilis Bett. «Soo Chind, iez liisch under d Tecki, dadt wider chaasch vergwaarme!» Si teckt s Mareili zue, we wen äs ire Chind wäär, und schickt s Marili wider zun andere, si sölid z Lugmerhuuse i s Mareilis Eltere Bschäid gee, äs übernachti hüt be ene. Da wöör iez wol s Bescht sii! Und so gohts au. Die bäide schlooffed hinicht im gliiche Bett! Amel au s Marili. Es Mareili isch sich nid gwennt am-e andere Oort, im-e andere Bett! Di ganz Nacht ghöörts immer wider d Uhr vom Halauer Gmaandhuus schloo und dööst no so vor sich häär. Am Morge fählt im aber überhaupt nüüt; nid emol de Pfnüsel chunnt äs über. Ineme schööne roote Puloower vom Marili, mit z churze Schtrümpfe aneme Schnäpper aaghenkt, marschierts i d Schuel. Däi giit de Tschudi zeerscht emol der ganze Klass e Predig, wo sich gwäsche hät. «Jojo, s wott, we immer, wider neemer dschuld sii. Vo sälber aber isch da Mareili nid in Wäier ggumpet, oder? Waa, wenns vertrunke wäär? Ir groosse Tötsch, chönder nid no meh Blöödsinn aaschtelle? Ich wott iez wüsse, wäär äs gschupft hät!» Da waasst er no nid emol no der Schtund. Au s Mareili hät ka Ahning, oder doch? Aber äs saat e ka Wörtli. Zu waa au!

Wos a sälbem Tag haamchunnt, so wüürts uusgfrooget und chunnt no Schimpfis über! Aber dro nimmt d Mueter e Bläch voll prootni Öpfel zum Ofe-n-uus und hebt im Mareili an häre. Si hät es Brüele zvorderscht. Da siet äs ganz gnaau!

Si sitzed we Schööfli in Benke und losed im Tschudi zue. Är hemmeret de Lehrsatz vom Pitaguras ii! Me hät Algebra, Chemii und Physiik! Iez haassts guet ufpasse! Es Mareili cha dro nid frooge dihaam, da wuuss doch neemer! Si schüttled blooss de Chopf, wenn s Mareili cheemischi Formle vor sich häärmurmlet: «Haa zwäi äss oo vier» oder «cee aa cee oo dräi» und so. Dro muuleds, zu waa äs so Züüg läärni, und äs erkläärt, da säjid Ufgoobe. Äs möi da läärne! Aber iez sinds am Rächne. Zeerscht sind d Quadraatwuurzle draagsii. Dasch nid schwäär, aber iez chömed d Kubikwuurzle! Me ghöört: «Aa hooch dräi, plus dräi aa Quadraat bee, plus dräi aa-bee Quadraat, plus bee hoch dräi!» De Schälbli chratzet verläge in Hoore, won-er sött a d Wandtafele goge e Rächning lööse. De Schteiner Ärnscht mäldt sich. Dä kapiert alls Neus am gschnällschte! Är haut da Züüg häre, me chunnt schier nid noo mit lose. Dro mon-ers nomol langsaam erklääre, da au es hinderscht sött noochoo, aber da haperet. Iez mönds us em Rächningsbuech i s Heft rächne. Da giit e saftigti Proob! Es Mareili hät en Iifer derbii und isch mit em Ärnscht fertig. Da giit en Sechser! Dräimol root underschtriche! Zmool chlopfets a der Türe und de Tschudi lueget, wa looss säi? Chunnt ie und cha schier nid schwätze. Bringt usse, de Walter Keucher säi gschtoorbe im Schtpitool z Schafuuse. Übermoorn säi d Liicht der Bäärgchilchen-obe. All dräi Klasse göngid draa. Und iez sölids e Phause mache. Me rüeffi dro all i s Musikzimer nohär! Wos däi iechömed, schtönd all dräi Lehrer mit äärnschte Gsichter doo. Me üebi iez e Lied ii für de verschtoorbe Kameraad! Da singi me dro am Grab übermoorn! All sind gschlage. De Walter tood, und isch doch eerscht no der Schuel gsii! So gschnäll cha da goh! Si üebed e Truurlied, aber im Mareili ischt nid om s Singe! Au allne andere nid!

Am Mittwuch isch dro d Liicht. Si lauffed, tunkel aaglaat, hinder de Läidlüüt und em Saarg häär. Schwiged und sind truurig. De Wäg goht dur de Räbbäärg, aber iez isch alls tood, nid blooss de Walter! Nüüt Gröös ischt ome! Blooss d Chrenz, wo uf em Saarg liged, mit farbige Bloome! Me schtellt de Saarg näbed e offe Grab, und de Pfarer fangt aa läse us der Bible: «Leben wir, so leben wir dem Herrn. Sterben wir, so sterben wir dem Herrn. Darum wir leben oder wir sterben, sind wir des Herrn!» Und dro sött es Mareili singe mit de andere! Ka Tööndli chunnt usse! Trääne lauffed im über d Bagge und es schemet sich. Wenns all so hettid, dro ghöörti me ka Lied! Immer mos d Nase butze. De Pfund luegets aa. Schtreng!

Aber au da goht dure! Es Läbe goht wiiter, und so sölls au sii! Di ander Wuche sinds scho wider übermüetig! De Schteiner lueget zum Fenschter uus der Klass und siet d Heidi über de Schuelhof schtüüre. «I däre ghäi ich iez e Büchs Wasser uf de Grind!» Aber oohalätz! Si wott zur Hindertüre-n-ie und vo inne wott de Tschudi usse! Da siet halt de Schteiner nid, und de Gutsch Wasser landet uf s Tschudis Huet! We de Blitz ziet de Ärnscht sin Chopf zrugg! Hoffentlich hät de Tschudi en nid gsäh, won-er ueglueget hät! Si sitzed gschnäll i d Benk ie und sind ruig. Glii druf goht d Türe-n-uf und de Tschudi erschint mit der Heidi. «Wäär isch da gsii?» Neemer mäldt sich. All lueged drii, we häilig. «Eu mach ich scho fertig!» träut de Tschudi. «Chönd all doobliibe no der Schuel. Fäigling sind-er! All mitenand!» Är häts nid usseproocht, na-a. Verroote tuet me enand nid!

S isch en iisige Wintertag. Uf em Röötiwäier über em Halauer-Bäärg häts e ticki Iisschicht ggee. Aaschtatt z turne, goht hüt de Tschudi mit sir Klass goge schlittschüele däi! Tick aaglaat schtägerets uf dä Bäärg ue. D Naselöchli früüred im Mareili schier zeme, aber äs freut sich; zur letschte Wienacht häts e Par Schlittschue überchoo. No sonig zum aaschruube, aber all da! No lang nid all Chind hend Schlittschueschtifel! Am Wäierpöörtli schruubets siini Schlittschue aa. Und hät e wenge Angscht. No nie isch äs uf em-e Iisfäld gsii, hööchschtens uf ere Schliiffete, wenn naame en Güllegamper grunne hät! Iez gohts im we i no meh. S ghäit allpott um oder tnepft uf d Siite, und verlüürt aliwil siini Schlittschue. Mo härehocke goges wider aaschruube. Aber de Schteiner Ärnscht chunnt zmool derthär: «Du häsch alläg z wenig Chraft! Zaag emol.» Und iez hebets, wo de Ärnscht da Züüg i d Hend gno hät! Es goht gaar nid so lang, so hät es Mareili de Rank gfunde mit sim Gliichgwicht, und iez hauts es über de gfroore Wäier, we anderi au und isch truurig, wo d Ziit scho ome ischt!

Im Sommer sinds amed öppedie i d Wilchinger Badi der Turnschtund mit em Tschudi. All uf de Welo.

Über d Bahnlinie ie z Wilchinge-Halau und dur s Wägli z Haslach, zwüsched em-e Härrschaftshuus, wo hinder grööne Aalage verschteckt ischt, und em-e Wäier. Die Willa ghööri im-e riiche Amerikaaner, und im Wäier häis Fisch. Dem Maa ghööri alls, zringelom. Me säg-im no «de goldig Schmid». I der Wilchinger Badi hät s Mareili gläärnt schwümme! Und hät schier numme wele zum Wasser uus, wos da ärlickt gha hät! De Lehrer hät alläg au de Plausch ghaa mit im. Amel sinds uf s hooch Schprungbrätt mitenand. Däi häts tööre im Tschudi uf d Achsle schtiige und z halbander abegumpe! Sälb isch e Gaudi gsii! Kas von andere hät sich trauet ghaa, die wüssed gaar nid, we glatt da so naamis ischt!

Aber iez isch wider Winter und me gnüüsst da Vergnüege! Und chunnt en Mordshunger über derbii! S goht allne gliich und kas hät naamis z ässe mitgnoo! Nohär, wider dihaam, isset es Mareili wen-en Tröscher! Aa Puttertünkli oms ander, d Mueter mo no schtuune! Und dro chömed halt no d Ufgoobe draa. Gschichtlirächninge, so verzwickti! Es ischt scho achti, s Mareili rächnet all no. Uf dieser Siite sitzt d Mueter am Schtubetisch und list für sich i der Bible. Di andere sind scho is Bett gschobe. De Vatter hät sich no vorhär en Öpfel bschäärt und d Uhr aagscheukt und frisch ufzoge. S isch e-n-aalti Schwarzwäälderuhr und bliibt efange allpott schtoh. Hät e pluemet Ziferblatt und schtoht hinder Glas im-e Wandchaschte näbed em Buffert. Iez hät si achti gschlage und es töönt no noo, oder nid? Näi, da wo me ghöört, chunnt numme vo der Uhr. Dasch naamis ganz anders! Es Mareili und d Mueter schtutzed. «Dasch es Füürhörndli», saat d Mueter, und si rennd uf s Läubli und ghööreds no besser. Schaurig töönts dur d Winternacht, und s isch en Maa wo dur s Doorf rennt dermit. «Füürioo! Füürioo!» Alls chunnt zun Hüüseren-uus! Zmitte im Doorf glüeits und rüüchts! D Lüüt schnattered durenand und me ghöört: «De ‹Volg› brennt!» «Leg di waarm aa, ich bliibe doo», saat d Mueter zum Mareili. «Da langet mir, wa-n-ich vo wiitem gse!» Wo s Mareili zum «Volg» vürechunnt, brennt er liechterloo! Und es Maartibärtels Huus dernäbed au! Dä und d Ladelüüt, es Enderlis, häjid blooss es näckig Läbe chöne rette, ghöört es Mareili naamer verzelle. D Führwehr ischt a der Arbet! Am Brunne vor em «Volg» schtoht de Führwehrchare, und d Manne pumped wa giischt, wa häscht. Es Wasser zischt zun Schlüüchen-uus, aber si wööred dem Brand nid Mäischter! Us em ganze Doorf chömed Lüüt derthär, da Schauschpiil choge aaluege! Zu allne Fenschtere uus flackets und de Tachschtock ghäit zeme. «Uswäg!», töönts. D Lüüt wiiched zrugg. De aanzig Lade im Doorf brennt ab, und d Woning dermit überobe, und es Maartibärtels Huus au. Kompleet! Isch nüüt me zrette! Aa Saueräi vom Wasser bliibt zrugg!

Wo s Mareili am andere Morge mit sim Welo draa verbii i d Schuel fahrt, so rüüchts und mottets no weng zon Trümmere-n-uus. Dasch alls. De Maartibärtel häi e Moor ghaa mit chläine Fäärli im Schtall. Wills därewäg chaalt gsi säi, so häi-er däre Fäärlimoor e Petroolpfunzle an-en Nagel ghenkt zum Waarmgee. Die möi abeghäit si und es Schtrau aazündt haa. Da hend d Lüüt drüberabe verzellt! «Siesch iez, das besser ischt, we-me so Süüli a d Wermi uenimmt be son-ere Chelti», macht d Mueter. «Und häsch greklemiert, won-ich üüsi in-ere Zaane derthärbroocht ha doo.» «Häijo, die Omenandträgete di ganz Ziit. Abe zum Säuge und wider unnenue!» De Vatter schüttlet de Chopf: «S isch amel bis iez no ka Suu verfroore!»

Si hend Tüütsch-Schtund. Bem Plüss! Hüt isch d «Schillerglogge» draa. Es Mareili hät gäärn Gschichte und Gedicht. Wa me nid verschtoht, ärkläärt am de Härr Plüss eso schöö. Iez grad au. Im Schiller si Lied vo der Glogge! De Aafang verschtönds scho, si maaneds wenigschtens. Jojo, da: «Von der Stirne heiss rinnen muss der Schweiss.» Sonigs kennt me scho. Aber, wo aas sött die Sach vo: «Mit dem Gürtel, mit dem Schleier reisst der schööne Wahn entzwei», erklääre, so luegets verschemet vor sich abe. So goht de Plüss es ganz Gedicht dure mit ene. S isch e langs, aber inträssant für s Mareili. Und si mönd als Huusufgoob usswendig läärne dervo, so wiit si chömed! Hend e Wuche derziit. Und es Mareili läärnt i däre Wuche di ganz «Schillerglogge» usswendig! Wotts ächt wider guetmache, was aagschtellt hät bem letschte Ufsatz? Si hend über de Napoleon möse an mache. Es Mareili hät tenkt, dä chöönt äs zur Abwächsling i der Mundaart schriibe. Aber ooha-lätz! De Lehrer häts nohär vor der ganze Klass zemegschtuuchet derwäge und eerscht no uusglachet, wil äs nid gwüsst gha hät, wa-n-e Märräss ischt. So häts halt die Wiibervölker, wos im Läbe vo dem Käiser gge hät, durenand proocht!

I der nöörschte Tüütsch-Schtund loset de Plüss ab, was gläärnt hend. Di aante nid graad übertribe vil, und är rüügts. Aber, wo s Mareili draachunnt und numme z bremse-n-ischt, so schüttlet er sin Chopf: «Chind, Chind, häsch du es ganz Gedicht gläärnt?» Und är loots fertig ufsäge. Dro macht er e Nodiz in-e Heft, und d Schtund isch ome.

Si hend be em au d Frömdschprooche, und es Mareili hät die Wörter glii im Chopf. No s Schriibe ischt schwiriger, aber s macht Freud. Dihaam wüürts amed gfuxet, es chön dro franzöösisch parliere in Räbe-n-usse. Und italieenisch! Äs hät d Hoffning no nid ufggee, das amend doch no töör schtudiere. De Klaselehrer hät au scho gredt mit de Eltere derwäge, aber bis iez häts aliwil ghaasse: «Dich bruucht me zum Schaffe!»

Bem Tschudi hends Rächne, Botanik, Chemii, Physiik und Zäichne. Der letschte Zäichnings-Schtund hät ene de Lehrer all Zäichninge vom ganze Johr mit haam ggee, si sölids no nooluege, dan-er chön uusläse, weli da me am Äxaame a d Wand hefti. Jo, und dro isch im Mareili naamis Tumms passiert im Durhaam! Uf em Phackträger vom Welo häts d Zäichningsmappe häregchlemmt ghaa. Es hät grägnet, und bem Aatlingerhof ischt im Mareili d Chetteme usseghäit am Welo. S hät derwäge schtillghabe und alläg sin Schnäpper z vil uf d Siite ghabe. Uf all Fäll sind zmool siini Zäichninge im nasse Schtoossegräbli glandet. All zeme. Ussegrutschet zu der Mappe-n-uus! S hät schier nid gwüsst woo wehre! Verschmiert und nass sind di mäischte gsii, wos es iigsammlet hät! Aas von Hofwisler-Mäitli hät im dro gholffe d Chette iemache, aber de Schade an Zäichninge isch grooss gsii! S het chöne brüele! Bis om Mitternacht häts hihaam draomeggümelet und frisch noogmoolet, aber die schööne Zäichninge hend sich numme gliichgsäh! S isch schier verzwiiflet! S hät möse iisäh, da graad di allerschöönschte nümme z rette gsi sind!

Mit ere Hölleangscht giits im Tschudi Pricht am nöörschte Tag vo sim Missgschick. Aber so häts sin Klaselehrer no nie ärläbt! Dä vertrüllet siini Auge, da me schier no no s Wiiss dervo siet, goht uf de Absätz zringelom und riisst sich fascht d Hoor uus: «Menschenskind, we chaasch du son-en Quatsch mache! Häsch natüürlich d Mappe nid zuepunde ghaa uf der Siite, suss wäär da nid passiert! Himmeltonnerwätter nomol, mi sött dich uugschpitzt in Bode-n-ieschlaa, du tumm Mäitli du!» S wott numme hööre! Aber uf an Schlag schwiget er. Är lueget es Mareili rächt aa und siet, das chriidewiiss ischt. Dro sackets uhni en Luut zeme! S ghöört blooss no ruusche in Ohre! Alläg nid lang. Es chunnt wider zu sich. Alls schtoht oms ome. Naamer netzt im d Schtiirne, und de Tschudi frooget liisli: «Gohts wider?» Und är füerts i sin Bank ie. Di andere sitzed au an Blatz, und es wüürt ka Wort me gredt über die veruuglückte Zäichninge.

Und hüt schtiigt es Mareili s letscht Mol d Schtäge derue in oberschte Schtock der Halauer-Reaal. Hüt ischt es letscht Äxaame! Es hät e nigelnagelneu Röckli aa. Und wiissi Hoormaschle an lange Zöpfe. Nid blooss d Hoor sind gwachse underdesse; s Mareili ischt ufgschosse, und geschter, wos a der Wandtafele gschtande-n-ischt goge schriibe, hät de Tchudi nopment gsaat: «Lueged au da groos Mareili aa, s isch jo erwachse woore!»

Iez schtüüreds es letscht Mol im Klassezimer zue, all schöö aaglaat. D Lugmerhuusemermäitli sind hüt di eerschte und fanged aa d Zäichninge aaluege, wo rings an Wende hanged. Und zmool schtoht s Mareili vor siine Gladioole, won-im so schöö groote gsi sind und dro däräwäg verschmiert! S chas schier nid glaube. Aber sin Name schtoht unnedraa! Es isch baff, da hät de Härr Tschudi zwäggmacht! Da hät är mir z lieb too! Und es schtrahlet! Schtrahlet mit em ganze Gsicht sin Klasselehrer aa, won-er iechunnt, und är zwinkerets aa mit de Auge, no ganz e Bitzili!

Langsaam wüürts Ziit; es chömed Lüüt und schtönd oder sitzed an Wende vom Klassezimer noo. Nemed aas von ufglaate Heftere i d Hend, lueged d Zäichninge aa oder chlismed underenand. Dro schället d Schuelerglogge und di eerscht Schtund fangt aa. Dasch s letscht Mol, wo die Glogge für üüs schället, tenkt s Mareili, hööchschtens nomol der Phause und wen s Äxaame verbii ischt und d Schuel uus. Uus! Uus und verbii! S taar nid draatenke. Hät au gaar numme derziit! Si hend Rächne. Mönd, abwächslingswiis, a d Wandtafele vüre und de Tschudi giit e Rächning uf. Zeerscht en Dräisatz. De Schpengler chunnt grad draa und hät sich, vor luuter Äxaame, d Hoor mit Brilian-tiine iigschmiert. Ase fättig und glenzig uf em Chopf, schtoht er e wengili rootlos däi, aber zmool hät er e-n-Erlüüchting und es chunnt z klappe! Me cha-n-im d Erliichtering aasäh, won-er a sin Blatz zrugglaufft! Dro isch d Heidi a der Räije. Si sitzt grad im Bank hinder em Mareili. Scho all dräi Johr ase. Es Mareili ischt vo Aafang aa im-e allervorderschte Bank gsässe. So wüürts vo neemer gschtöört und hät de Lehrer vor sich. Aber sälb isch nid aliwil so gaar au vo Guetem! Der eerschte Aschtronomii-Schtund isch de «Pfund» under e Lampe, wo prennt hät, gschtande und hät gsaat: «Stellt euch vor, diese Lampe wäre die Sonne, ich die Erde. Wohin scheint nun die Sonne?» «Uf d Glatze», isch es im Mareili ussegfahre! Nid luut, aber är häts ghöört! Hert a s Mareilis Chopf verbii ischt sin Lineaal uf si Pult abegsaust! Mit eme güggelroote Chopf hät dro de Pfund wiiter underrichtet, aber är hät vo däi aa s Mareili zümftig uf s Chorn gnoo!

D Heidi isch fertig a der Tafele vorne und iez passet es Mareili guet uf. Iez chunnt Alebra draa! Gliichinge und so. Zeerscht mo de Schteiner vüre. Dä hät kani Schwirikäite und, we son-en Dozent , ärkläärt er mit ere ruige Schtimm vorzue, wan-er rächnet und wie! Dasch en Kärli! Und ischt scho vo der füfte Klass i d Reaal! Derfür mon-er di dritt mache vor dan-er i d «Kanti» taar. De Robi Wäibel ischt scho s letscht Johr ggange und iez numme derbii! Soo, de Schteiner häts gschafft und es Mareili chunnt draa. De Tschudi giit e Kubikwuurzle uf zum Lööse. Zeerscht uhni Koma, dro mit. Aber s Mareili hät jo glii kapiert ghaa, we da goht. Iez chunnt im da zguet. Äigentlich mööstid jo no die, wo i d Kanti wend, sonigi Rächninge chöne, aber wil blooss no zwölf Schüeler der dritte Klass sind, mached all mit.

Dusse schällets, di eerscht Äxaame-Schtund ischt ome! De Tschudi goht zur Klass uus. Me hät füüf Minuute Phause. D Lüüt schnädered und d Chind mönd ruig sii. So isch da halt!

Dro schällets wider und de Plüss chunnt ie. Me hät Tüütsch-Schtund. Aas mo en Ufsatz voorläse. Dro wüürt Gramatik abgfrooget. De Nominatiiv, de Daatiiv, de Akkusatiiv und de Genitiiv. Also de «Wes-, ween-, wäär- und weem-Fall! «Isch jo ann Durenand, häsch da iez nonid begriffe?» schimpft de Plüss mit em Müller. Dä schtoht, so lang wen-er ischt, näbed sim Bank und hät e Hurnuuslenescht i sim Chopf! Hät scho lang de Schtimmbruch und suss immer e groossi Röhre! Aber iez versaat er und hocket ab im hinderschte Bank, de Schteiner näbed sich. Da het äigentlich söle abfärbe bem Müller, aber, wa nid dinne-n-ischt, cha me nid ussehole.

Und iez chunnt im Mareili si groossi Sach! Äs mo as Pult vüre und d «Schillerglogge» ufsäge. Däi schtohts i sim neue Röckli und hät alls gege sich. All lueged äs aa! Es räuschperet sich, wills e «Chrotte» im Hals hät. Aber dro gohts looss! Luut und tüütlich, langsaam und betoont. Es vergisst si Angscht und ischt ganz be der Sach. Suss ischt alls muggsmüüslischtille im Zimer! Im Mareili schtönd Schwaasströpfli uf Nase und Schtiirn, wos da lang Gedicht fertig hät. Und, wa no nie passiert ischt suss, d Lüüt fanged aa klatsche! Verläge chunnts a sim Blatz aa und siet, we sich de Plüss freut! Di andere vo der Klass au, d Schtund ischt ome. S chunnt neemer me draa! Me hät e Halbschtund Phause und cha sin Znüüni ässe im Schuelhof unne. Damol hät d Mueter sälber im Mareili naamis in Schueltheek gschoppet, wills kan Zmorge abeproocht hät. Iez mauschets e Fotzelschnitte und schtärkt sich uf di nööchscht Schtund.

Wider bem Plüss. Si hend Französösisch! All mönd läse de Räije noo. Bem Mareili vorne fangts aa und bem Schteiner hinne höörts uf. So sind si sich da gwennt suscht. Aber hüt rüeft de Plüss durenand uf, wes im grad iifellt. De Auer isch draa. Är mo grad alls, wa däi schtoht, i d Vergangehäit übersetze. «Lisez au passé composé!» töönts dur d Klass. Dro isch es en Augeblick schtille. De Auer isch gaar nid gfasst! Suss chunnt no säbem Befähl immer es Mareili draa. De Neukomm rüeft im efange no no da Schprüchli noo, wenn-ers siet! Aber si mached eni Sach, meh oder weniger guet. Mönd vom «Franz» is Tüütsch übersetze und omkehrt. Me hät naamis gläärnt i dene Johre!

Der letschte Äxaameschtund hends Singe. Bem Pfund, we immer. Im Musikzimer. All dräi Klasse. Lüüt sind ggange und anderi sind choo und losed ene zue. De Pfund loots zeerschte Noote läse. Jo, dasch numme we de Primaarschuel! Cee, dee, ee, äff, gee, aa, haa, cee und wider obe-n-abe! Dro d Zwüschedtöön: Cis, dis, fis, gis ais. Numme doo, ree und so! Si sind gottefroh, wos a s rächt Singe goht! Dasch e Chläpperete mit de Pultteckel, bis all in Benke schtönd! Aber dro töönts, das e Freud ischt! Italieenischi, franzöösischi und tüütschi Lieder. De Pfund schloot mit bäid Hend de Takt derzue a de Siite vo sim Harmonium! Und es Mareili siet en s eerscht Mol nid schtreng driiluege!

Und d Glogge schället zum letschte Mol! Mit Grampool gönd all i ene Klassezimer. Si chömed doch no eni Züügnis über! De Tschudi vertaalts, saat allne adie und wüüscht ene e gueti Ziit! «Läärned wiiter und es Läbe kenne! Gend mer joo kani «Räisende uf Hunger und Elend!» Dasch si letscht Wort, und är fahrt sich nomol dur siini Chruselhoor. Es Mareili tanket im und allne Lehrer zum Abschid. Und schtiigt dro truurig d Schtäge derab und zum Schuelhuus uus. Lueget nomol zrugg und chas schier nid glaube! Uusgschuelet doo! Haam, goge puure! Nid schtudiere! E ganzi Wält goht im under!

Di andere jubled di mäischte: «Tschau Fäschthütte!» ghöörts rüeffe. Dro tramplets uf sim Welo haamzue, dernäbed d Dora vo der Hofwis. Däre gohts au nid anderscht! Vo iez aa mo si au no no puure dihaam! Si sind ener drüü Mäitli; d Hedi, s letscht Johr uusgschuelet, und di Jüngscht, d Mariann, chunnt no de Ferie i di eerscht Reaal. Hend aber no e Noowisili überchoo s letscht Johr! En Bueb, de Hansli. Aber da goht no lang, bis dä grooss isch. Und so mönd au be s Noochbers d Mäitli hälffe schaffe. Taar kas en Prueff läärne. Und chööntid mangsmol, we s Mareili, brüele derwäge! So chlageds enand ene Laad im Durhaam, aber, waa nützts?

Wenigschtens siet me enand all Tag, und mo no de Ferie in Unterricht.

Wo s Mareili haamchunnt, so ischt scho für de Zümis tischet und alls waartet. Aber äs liit uf de Buuch uf s Kanebee und brüelet sin Chummer in-e Chüssi ie. D Röös lachets uus: «Aaschtatt froh sii, machsch son-e Draama! Chaasch zmittag mit is «Hoomet» ue goge Gäärschte iihacke, dro chunntsch grad e-n-Ahning über, wa di vo iez aa erwaartet!» «Soo, ezt isch aber gnueg», schimpft de Vatter. «Lo du da Chind i Rue und bring gschiider emol de Zümis uf de Tisch!» Es Mareili richt sich uf, butzt nomol siini Trääne-n-ab, schnüützt is Naastuech und trompeetet derbii. «Soo, siescht, da gfellt üüs besser! Log Chind, es goht halt im Läbe nid aliwil we me wett, und es Puure isch au naamis Schöös! Mosch jo amend au nid diiner Läbtig; chaasch vilicht schomol no naamis anders derzueläärne, aber iez no nid. So sitzeds dro am Tisch und ässed Rindfläisch, Härdöpfel und ghackete Chöhl. «Iez giits wider vierzie Tag Chuerunggis», muulet de Chueret und hät nid emol so uurächt. Alimol, we me e Nootschlachting im Doorf hät, so chunt me halt e Zuetaaling Fläisch über dernoo, s giit mangmol e ganzi Schlaapfete, und d Mueter tuet en Taal in e Bäizi dervo. Da giit dro mol Suurproote mit Schpätzli! Dasch im Mareili schier es Liebscht vo Fläisch!

Iez phackts ghöörig ii am Tisch und hät sich driigschickt. Me cha jo nid aliwil wiitertruure, wenns kan Wärt hät! D Mueter hebt im nomol d Blatte häre mit Chöhl: «Mosch rächt ässe, s giit Hunger bem Gäärschte iihacke!» Am Nomittag gönds, mit groosse Haue in

Hende, uf da «Hoomet» ue. Däi mo me scho vo Hand derhinder! Eerschtens chunt me mit eme Fuerwärch schier nid uf de sälb Hoger ue, und zwäitens häts Hanefuess und Schnüergras däi. Aliwil wider; me bringt da Uuchruut aamfacht nie ganz zum Bode-n-uus! Mo sich pucke, pucke und nomol pucke dernoo! Veruus schtreut de Vatter Gäärschtechörner, und die mönd di andere iihacke, schöö undere, suss frässeds d Vögel! De Chueret isch nid derbii. Dä isch grad noch em Zümis abgschobe. Sicher no füüf Mol d Schtäge ue- und abepfuderet, bis er gha hät, wa het söle mit. I letschter Ziit räist er allpott i d Schtadt oder uf Neu-huuse! Naamer hät wele wüsse, är häi Aani ome, dä aalt Latschi! Aber si hend da schier nid chöne glaube. Zwoor wäscht er sich e wenge meh und schäächet amed in Schpiegel hinderuggs der Schtube. Es Mareili hät im no nid lang zueglueget dur de Türeschpaalt, wen-er dervor gschtande-n-isch und sich gmuschteret hät und derbii grinset mit sich sälber und Grimasse gschnitte! Jo, und di letscht Wuche hät me die Waar verschtäige-ret, wo me no hät chöne rette, wo de «Volglade» ab-prennt isch. Chischtewiis isch da ggange, und d Lüüt hend chöne püüte. De Chueret au! Alls hät möse lache! Wa dä erschtäigeret hät sind Schtrumpfgüürt, Gorsätt und Büschtehaalter gsii, und e par Underröck derbii! «Glaaubed er iez, dan-er Aani omehät?», hend d Lüüt d Mueter gfrooget, wo si noocho ischt. Si hät dro no däre Waar gsuecht, will sis schier nid hät chöne be-griiffe. «Suss maantid d Lüüt, är häi da Züüg für üüs gchauft!» I sim Chaschtefuess, i allem Karsumpel, isch dro en Taal vürechoo, drunder no Suppewüürscht und Schoggelaade. Ann Muurtich! D Mueter hät im rüübis und schtüübis alls ussegrumt und en zoobed gfrooget, wa da söll!? «Goht eu gaar nüt aa, dasch zalt, alls zeme!» Sicher hät er hüt wider so Züüg i d Schtadt iegschlaapft! Isch amel mit sim Welo und eme Risephack druf s Doorf dervüre gschwanzet! Bis am Füüfi sinds fertig im «Hoomet» und gönd no wenge goge Tischtel uusriisse in «Wise». Isch zwoor en Waassenacker, aber är haasst halt eso. Es Mareili hät Blootere an Hende! Und iez no Tischtel aalange. Uhni Hentsche! Nid emol an Bode sitze hät me tööre hüt und zoobedässe! S Röösi lächlet schadefroh, wo s Mareili siini Hend aalueget: «Joo, dasch nid so schlimm. Wüürscht scho no Hornhuut überchoo draa, und dräckigi Fingernegel häsch iez scho!» Wiiter unne im Acker häts en Blätz Chläbere. «Die mönd grad au no usse», befilt d Mueter. De Vatter schwätzt am Anthopt obe mit em Naglerchöbi derwiil. De Preesi-Jakob lauft as häre; iez schwätzeds en Rung z dritte!

Wo de Vatter derthärchunt noch eme Wiili, verchündter, de Jakob fahri moorn mit siine Ross in Waald dure, über de Bäärg, und holi ene Holz! «Isch au efange Ziit! So schpoot hemmers no nie gholt!», reklemiert d Mueter. «Hä, überaal chan-er au nid sii. Ander Lüüt wend en au, und da Holz isch no aliwil haamchoo!» Im Doorf hend blooss e par Puure Ross; di andere fuerwärched mit Chüeje oder eme Schtier dernäbed. «Häijo, aber de «Mesmermiggel» mo da Holz au no choge frääse, so chönd-er be Rägewätter entlich emol holzschpaalte und hocked nid aliwil uf der Chuuscht goge si gwerme!» «Hai Mueter, bis au fridlich», macht de Vatter, und lachet no! Also, mangmol mo s Mareili en bewundere! Er wüürt sälte wüetig über naamis, und vo der Mueter vertraat-er vil! Si regiert, und är macht dro, wa-n-er will! So giits kan Schtriit und dasch schöö!

So goht glii de eerscht Halbtag noch em Äxaame ome, und es Mareili isch immer no am Läbe! Und hät gmaant, d Wält göng under! No, will äs numme töör i d Schuel!

Am nöörschte Tag bringt geg oobed de Preesi-Jakob mit sim Rossfuerwärch ganzi Schpäälte Holz derthär. Über em Bäärg hend d Oberhalauer e schöö Schtuck Waald, und obe a Nüüchilch au, am Heming. Im Winter gönd di mäischte Manne vom Doorf in Waald goge s Holz vermache. Si nemed en Chessel Suppe mit und Wüürscht drii. Und mached e Füür und wermeds uf und höckled drahäre goge-n-ässe. Und dro, wenns a der Ziit isch, so hät d Gmaand e Gant, und jede cha goge Holz ergante. So isch für all zeme gsoorget. Me hät Wälle und Schiitli dihaam zom Füüre! No zale, da mo mes, isch jo klaar!

Und iez ruckt de «Mesmermiggel» aa mit der Frääsi! Är isch de Maschinischt im Doorf! Mit der Tröschmaschine, der Trotte und der Frääsi hät är z tond! Är tröschet und truckt und frääset be schier all Lüüte. Und me siet en, mit Schtiigiise-n-aa, uf d Telifoonschtange schtiige und Kaabel aamache und so. Mangsmol isch no de «Schääggel» vom Underdoorf derbii. Hauptsächlich bem Trösche! Dro ässed die Zwee amed scho Zmorge ben Lüüte; jede e Risechachle voll Kaffimöcke, wenns scho Putter und Gomfitüüre uf em Tisch hät! Und drüberabe ghöört me d Tröschmaschine brummle, und me waasst am Toon aa glii, woo im Doorf da si ischt. Und mäischtens mo be ene s Mareili Güsel träge und siet glii uus, we-n-en Chömifäger derbii. Doo mo me prässiere, suss überlauffed d Zaanene! Obe, uf der Tröschmaschine, nimmt aas d Gaarbe, wo e-n-anders ab der Brügi ghäit, löösts uf und fueteret d Maschine mit irem groosse Muul dermit. Hinne a der Maschine sind Ambelaaschseck aaghenkt. I die lauffed d Waassechörndli, und vorne a der Maschine chunnt es Schtrau usse, scho a Pünt. Die mo aas ewägträge, an-en Risehuuffe bis z letscht. Und di vollne Waasseseck traat en Maa all Schtäge deruf uf d Laube ue und läärts in-e Toot ie. Und de Güsel chunnt an-ere Stiite vo der Tröschmaschine-n-usse. Dä mo dro äbe mäischtens es Mareili wägträge und in-e Gfirch näbed der Schüür lääre.

Aber me schafft nid blooss! Me isset Znüüni, Zmittag und Zoobed, jee noch dem au no Znacht! Aas hät Aarbet elaa mit Fueteraaschi richte für all und wider abwäsche, rüschte, choche und uftische! Und me bruucht kilowiis Bölle derzue! Zum Broot wend de Miggel und de Schlääggel roote Bölle! Dasch so-ne Gwonet. Blattene vol Härdöpfelsaloot mit Bölle drii wöored abetruckt. Aber, me tanket im Härgott, we-me naamis z trösche hät und nid mo Hunger liide, we anderi uf der Wält!

De Mesmermiggel hät au e fahrbaari Trotte. Goht dermit vo Huus zu Huus. Truckt Obscht und Truube, und, wenn s Mareili amed au mo mithälffe be allem, so isch es gäärn om dä Maa ome. Är macht nid vil Fäderläsis, aber är isch gmüetlich und immer guet ufglaat. Wohnt nid wiit ewäg vo ene und hät au e liebi Frau. Wos ghüürootet hend, so hät es Maeili doozemol tööre goge goobe. Sid doo gschpasset de Miggel immer mit im. Und iez frääset-er ene Holz. Är hät e schwarzi Zipfelchappe-n-uf und ticki Hentsche an Hende. S Holz isch ruuch und d Schpäälte sind schwäär! S waasst ann, wan-er to hät bis zoobed! Di gfrääsete Rügel ghäit de Vatter uf d Siite und s Mareili mos am Schöpfli noo, under em Tach, ufbiige. Däi bliibeds, bis me Schiitli druus macht. Bem Buecheholz sött me so glii we möglich derhinder, suss loots sich numme guet schpaalte! Aber es hät no tannigs derbii. Dasch nid so gaar-au schwäär!

D Mueter rüeft, si sölid en Mumpfel choge zoobedässe! Me wäscht d Hend der Chuchi obe und isset Chääs und Broot. Und Bölle derzue! «Waasch du, für waa e Schiitli guet ischt?», gschpasset de Miggel. «Ame Hoochset säjid emol e Häärd Lüüt ame Tisch ghocket und häjid scho wenge Plöder ghaa. Luegi nopment ann under de Tisch und sägi: «Nimmt mich no wunder, we da jede siini Baa wider findt us dem Durenand!» Ann dernäbed säi bem Schtubewiirt e Schiitli goge hole der Chuchi und häi aagfange i allne a d Baa härehaue dermit. So häjids eni Baa wider gfunde!»

Scho am andere Tag isch Rägewätter und d Mannevölker chöned holzschpaalte. De Vatter hät en Schpaaltschtock und de Chueret au. Dä nimmt e Bieli, und de Vatter macht sich mit der groosse-n-Axt hinder di tickschte Chlötz. Und es Mareili mo Schiitli biige. Es traat Zaane om Zaane i s Schöpfli ie und macht schööni Biige. Uf aar Siite immer de chrüüz und quäär am End, das joo nid zemeghäjed! Überobe hends Wösch, d Mueter und s Röösi. Vom obere Blächtach flattered scho d Liintüecher! Ame Troome hanget immer no d Süüblootere vo der letschte Megsete! Jo, sälb isch naamis gsii, tenkt es Mareili. Doo isch es Röösi no a sir Schtell gsii, und äs hät fräi ghaa der Schuel. Hät damol vo Aafang aa möse derbii sii! Hät möse s Bluet rüere, wo de Megser der toote Suu am Hals mit eme Mässer d Schlagoodere ufgschlitzt hät, das no so ussegschtrodlet ischt! Mit eme Chessel häts möse underhebe und gläitig mit eme Holzchelle da Bluet rüere, das kani Chlümpe gäb. Me wel schööni Bluetwüürscht! Und de Megser hät mit eme Vorderbaa vo der Suu es letscht Tröpfli Bluet usseggampet! Im Mareili isch schier schlächt woore!

Und dro hends d Suu uf e Brätt über en Zuber mit haass Wasser glaat und hend Chübel voll schtrodlig Wasser über si abegläärt, dam-e d Boorschte besser ewäg bringi bem Schabe! Dro hends d Suu uf de Rugge gchehrt und ere de Buuch ufghaue, da di ganze Term usseglampet sind. Aber de Megser häts uusgrummt und uf em Mischt uusgläärt. Dro hät ers gwäsche, zümftig mit haassem Wasser, immer wider, bis s suuber gsi sind und numme gschtunke hend! De Mage, d Term und d Chuttle. Dem sägi me iez «d Chuttle butze», hät er gmaant! Und dro hät er di ganz Suu verschnitte a Schtuck. De Buuch, d Rippli, da säjid d Gottlätt, wo äs so gäärn häi! D Läbere hät er au ussegnoo, und hät im Mareili au vo der Lunge und em Halsschpäck zu der Läbere häre in e Gschier ietoo, äs söll da Züüg der Mueter i d Chuchi bringe, da sis chön obtoo für de Zümis! Söl aber ufpasse, da d Läbere nid z hert wööri! Der Chuchi hät d Mueter scho gschüret under em groosse Megsetehafe, und Suppegröö driitoo und Mäjeroo und Timiaan. Alls, wa s Mareili derthärproocht hät derzue ie. Si isch sich da sid Johre gwennt, aber im Mareili isch es nid ganz kauscher! So hät äs die Prozeduur halt no nie ganz erläbt! Überunne sinds glii fertig und träged da Fläisch in Chär ie, zum Iisaalze und in-e Schtendli i d Brüeje too. Da macht de Megser sälber. Dro chunnt er i d Chuchi ue und probiert da Züüg us em Megsetehafe. D Läbere hät d Mueter scho wider dusse, aber iez nimmt er d Lunge au drusuus und laat si zu der Läbere uf e Riseblatte, probiert und isch zfride. Nimmt en Suppechelle voll Sud und verlangt Milch. Da mischlet er under es Bluet ie, mit tempftem Bölle, verschidne Gwüürz und pfäfferet noo, probiert immer wider mit em Suppeschöpfer am Muul, bis im da Züüg passt. De Mage und d Term hät er im e Chessel under em Tisch, ziets vüre und fangt aa Bluetwüürscht mache. Zeerschte füllt er de Mage. Dem saat me «Bluethund». Dä schickt me all Johr im Onkel Karl uf Züri, und d Tante Schosi chunnt immer de Süüschwanz mit eme zümftige Chranz Schpäck dromome über und ere roote Maschle an Schwanz punde. Da macht amed de Vatter!

Soo, iez isch au s ander Züüg lind. Me laats uf d Blatte und tuet d Wüürscht ob. Au dernäbed de ander Zümis: Suurchruut und Härdöpfel und Öpfelschtückli. Suppe giits us em Megsetehafe. S Mareili mo blooss no Suppetünkli vom Broot i d Täller schniide! Es Suurchruut ischt scho par Schtund im Bachofe gsii und schöö fiin. Es ganz Huus schmeckt vo all dene Sache, aber es Mareili hät de Guu e wenge verloore! Dasch nid s gliich, öb me blooss cha häresitze oder mo säh, we da alls här und zue goht!

Am Nomittag hends dro no möse Schpäck schnätzle, und de Megser hät d Wüürscht für is Chömi gmacht. Hät e Prääg vom Fläisch gchnättet und dro Term a d Wuurschtmaschine gschtoosse. Hät, we son-e Röhre draa ghaa. Obe da Prääg ie, und unne zur Röhre uus grad i d Term! Und Schtückli om Schtückli hät de Megser mit ere Schnuer abpunde, a schööni Wüürschtli. «Magsch dro scho wider, wenns gräucht sind!» Und dro hends am nöörschte Tag dä gschnätzlet Schpäck uusgloo! Dasch e fättigi Sach gsii! Driissg Liter Schmaalz häts ggee dervo. All Schtaaguet-Häfe voll. Für s ganz Johr gnueg! Und Grüübe sind dervo plibe! Die sind e Ziitlang schier all Tag uf de Tisch choo. Zum Broot oder an pröötlete Härdöpfel! Sogaar Grüübe-Amelätte hät d Mueter gmacht. Bis s am schier oben-usseglampet sind! Aber, wo me wenge Abschtand gha hät vo son-ere Megsete, hät sich dä momentaan Aberwille wider glaat ghaa. Mit de eerschte Rauchwüürschtli scho! Mi gwennt sich a mangs mit der Ziit!

S tot weh, s Erwachsewäärde

D Ferie sind ome und de Komfermante-Unterricht fangt aa. Zwaamol der Wuche. D Lugmerhuusemer hend en neue Pfarer, und es Mareili freut sich uf de eerscht Unterricht! Iez isch me wider mit de gliichaalterige Lugmerhuusemer zeme! Aber si frömded zeerscht e wengili. Schwätzed nid vil am Aafang mit dene uusgschuelete Reääler, und es Mareili übersiets und goht zur Tagesoorning über. Sitzt im Bank näbed d «Schteineck-Kläär» häre, und dasch es Bescht. Glii isch en bessere Kontakt doo, und me siet die Zwoo vo iez aa öppedie ame Sunntig mitenand schpaziere, uf de Lugmer ue oder über de Bäärg. Be der Kläär sind nüü Chind dihaam und si isch nid vergwennt. Und glii goht es Mareili im Schteineck ii und uus ziitewiis. Es gfellt em, wo vil Chind sind. Dasch amed aa Gchrosel! Und under der Chuuscht der Schtube sind Schüeli und Finke i am Durenand, aber dasch doch gliich. Me cha nid di ganz Ziit ufrumme. Die Mueter mo puure und hät en Huuffe Räbe zum mache. Öppedie taar s Mareili e wengili i d Räbe mit der Kläär, wenn d Mueter siet, das son-e Ghürsch hend und nid noochömed mit uusbräche. Da gfellt im Mareili, wenns mit der Kläär taar schaffe und derbii plodere. Und Gschpass triibeds au! Und ame Sunntig hends glii di gliiche Pulööwer aa, sälber glismet! Halt, wenns grägnet hät. Dro hends da tööre!

Aber vom Unterricht, vilmeh vom Härr Pfarer, isch es Mareili e wengili enttüüscht! Är redt immer so gschpässig, we wen-er an-ere Uni täät doziere. Amel verschtoht me nid immer alls; es sött doch i allne klaar sii, wan-er wil säge vom Glaube! So gschruubet redt-er, und si passed halt dro zmool numme-n-uf und lönd eni Gedanke wandere. Hüt mo es Mareili derwäred draa tenke, we s Röösi und äs der letschte Nacht verwachet sind und ghöört hend trompeetele! Dasch en Gäächlinger gsii, wo vo Halau här us der Musikproob cho ischt und im Röösi e Schtendli proocht hät! Drüberabe häts zmool kläpperet vor em Chammerfenschter und drahärepöpperlet! Dä hät wele fenschterle! Si hend ggigelet i ene Bettere und nid ufgmacht, aber es Mareili isch nid ganz sicher, öbs derbii gschtöört hett! Wär waass! Vilicht, wenn d Röös elaa der Chammer gsi wäär?

«Wa häsch du z lached, wüüsst nid, was doo z lached giit?», schtöörts nopment de Härr Pfarer, und äs verschrickt. Hoffentlich wott-er iez nid wüsse, wan-er verzellt hät! Aber är wott! Und es Mareili schtoht im Bank we de Esel am Bäärg! Und saat de «Glaube» uf. «Da han-ich äigentlich nid gmaant, aber guet, lömmers gälte für damol.» Uff! Isch nomol guet ggange! Und iez giit ene de Pfarer uf, si sölid am nöörschte Sunntig der Chilche siini Predig guet lose. Möjid si nemlich nohär schriibe uf de Ziischtig! «Joo, doo giits gaar nüüt z muule, schadt gaar nüüt, wen-er emol nid in Benke hocked goge schlooffe!» Dro singeds no e Chilchelied und de Pfarer bättet, aber wider so e usswendig Gebätt, wo überhaupt nid töönt, we wenns vo Härze chiem! Zum Adiesäge schtoht-er a d Türe und giit jedem d Hand, aber es isch e füechti Hand und e lahmi derzue; es Mareili cha da schier nid verbutze ase!

Am Sunntig gohts, we aliwil, i d Chilche. Schtoht vorhär no vor de Schtubeschpiegel goge a siine Zöpf omemache, bis d Mueter mit im mo schimpfe, äs häi en

Hoffertschwanz ggee! Es säi lang schöö gnueg zum wüeschti Lüüt aaluege! De Vatter lächlet blooss und list im Mareili e Hoor vom Rock. Haut im e Chläpsli hinnedruf und schiebts zur Türe-n-uus, hinder der Mueter häär. Är sälber hät de Wueschte und wott derwäge nid i d Chilche goge schtööre.

Us allne Hüüsere chömed Lüüt derthär. Ame Sunntig goht alls i d Chilche; dasch de Bruuch! Nid, da d Lugmerhuusemer psunders fromm wäärid, na-a. Aber de Blatz mo bsetzt sii! Und me cha so schöö d Moode schtudiere! Wäär en neue Sunntighuet ufhäi oder suss naamis, wo me no nie gsä hät! Jojo, scho nid all hends ase, aber uf em Haamwäg cha-me jo amed de Komentaar ghööre von aante! Und öppedie schtönd e par Fraue no e Wiili schtill und bröötsched und bröötsched. «Es cha jo nid immer alls wohr sii, we-me-ne schier sött en Schtuel uf d Schtrooss schtelle, das chönd abhocke derzue», hät doodimol de Chueret vo sich ggee!

Graad no der Chilche macht sich es Mareili hinder die Predig. Es tnaget zeerschte si Öpfelbizgi ab. Bis in Sommer ie hends no «Bölleöpfel» in-ere Schtande mit Schtrau im Chär unne. Die wachsed der «Benne» hinne und hebed ase lang. Es nimmt e Heft und fangt aa schriibe. Zeerschte de Tägscht und dro alls, was no waasst. Es hät guet ufpasset und sin Chopf be der Sach ghaa damol. Und schriibt und schriibt, bis zum «Amen». Underdesse isch de Zümis fertig. Hüt hät es Röösi gchochet, nid es Mareili we suss. Sid äs zur Schuel uus ischt, taar äs da. Hät nid vergäbe Chochschuel ghaa! Und hät am mäischte Freud am Choche! Ame Sunntig giits immer Fläisch us der Megs. Si hend zwoor e ka aagni im Doorf, aber vo Halau chunt an usem «Schwiizerbund» in-e Lokaal, und däi holt me dro, wa am d Mueter ufgiit. Und de Soh vo sälbem Megser isch is Mareilis Reaalklass gsii. Und iez öppedie au däi. Aber halt schier immer sin eltere Brüeder. Dasch schad! Äs het lieber de Hans däi gsäh! Dä isch der Schuel grad der andere Bankräje näbed em Mareili gsässe, zvorderscht, we äs. Är hät e Brülle uf und, wenner si amed gege s Mareili ghabe hät, ewäg vo der Nase, so sind siini Auge immer gröösser woore drii, und äs hät amed es Lache schier numme chöne verhebe. Und möse ewägluege. Aber aamol häts de «Plüss» gschpanne und alle bäide Schtrooffufgoobe gee!

Und iez isch Ziischtig und es Mareili goht mit siiner Predig in Unterricht. Giit si ab we di andere, und si nemed de Katechismus vüre. Mönd läärne druus. Da ghöört zum Komfermanteunterricht, klaar. D Buebe schtaggeled di mäischte bem luut Läse, und de Pfarer verlüürt d Gedult und brüelets aa bis zletscht. Är basleret: «Joo dernoo, ghönder noonimoole lääse und wenn ghomfermiert wäächde!» D Mäitli lached, aber dermit chömeds a di faltsch Adrässi! «Doo wiirt nid glachet, doo miend-er en Äärnscht bigghoo! Miir sin doo nümm im Ghindergaachte!»

Am nöörschte Friitig bringt de Pfarer di korigierte Hefter mit de Predige mit. Es Zimer isch es gliich, wome Aarbetschuel drii hät suss. Si sitzed in Benke und s Gschnäder höört nid emol uf, wo de Pfarer iechunt! Zeerschte schimpft er und johlets aa! Dro bättet er und loot en Liederväärs singe. D Buebe hend all de Schtimmbruch, und es giit e Brummlete. Und de Pfarer mo sich scho wider ergere und maant, da machids äxtra! Isch überhaupt hässig hüt! Und fangt aa d Hefter i d Hend neh und haasst all abhocke. Fangt aa schimpfe, wa si für e Gsellschaft säjid! Die Aarbete, wo vor em ligid, säjid aatwäder hundsmiseraabel, mit wenige Uusnahme, oder dro eso guet, da-me jo müei merke, das noogschtenografiert woore säjid. Näi, Entschuldigung! Iez häi är i der Mehrzahl gredt! Aber da göng jo blooss es Mareili Surbeck aa! Da säi d Hööchi! Är häi gsaat lose, luut und tüütlich! Schtenografiere säi verbotte! Verschtande! Da säi en Hohn, so naamis! En wele bschiisse! Da chön me nid als Aarbet gälte loo! Da säi hinderlischtige Betruug und eerscht no-n-e Frächhäit! Es Mareili sitzt i sim Bank inne und maant, äs ghööri nid rächt! Ich, schtenografiere! Da chan-ich jo gaar nid. We chunt au dä uf da? All zeme lueged äs aa, und iez verwachets z rächtem und schtreckt en Aarm uf: «Härr Pfarer, dasch nid wohr. Ich cha gaar nid Schteno und ha die Predig aamfacht eso gschribe, we si ich no gwüsst ha», saats chriidewiiss. De Pfarer glaubts im aber nid und froogets, we dro da chöm, da alls wortwörtlich ase dooschtöng, we är prediget häi? «Hä, si hend jo gsaat mir sölid guet zuelose, und da han-ich gmacht und dro dihaam grad gschribe, dasch alls, und iez schimpfed si no mit mer.» Es Brüele isch im Mareili schier zvorderscht. «Dro säg wenigschtens, wär der derbii gholffe hät», ploogets de Pfarer wiiter. «Neemer, ganz sicher nid. Si chönd zu üüs haam choge frooge. D Mueter hät mer blooss derziit gloo grad no der Chilche!» Aber dä choge Maa wott aamfacht nid glaaube, wa äs saat. Är chöm scho cho-n-en Huusbsuech mache, dro säch me jo denn!

Wen-e Hüüffili Elend sitzt s Mareili zeerschte i sim Bank inne. Aber schliesslich hät äs e guet Gwüsse. Äs waasst blooss nid, wägewaa da äs dä Pfarer so uf s Chorn nimmt? Wa hät-er au? Und äs hät sich doch soo gfreut ghaa uf de Unterricht! Iez töönts: «Max Schaad, söll da en schlächte Witz sii oder waa? Be dir schtoht jo no de Tägscht doo und drunder schriibscht: In Gottes Namen Amen, ich weiss nichts mehr!» De Max und all zeme vertätschts vor lache, und im Mareili vergoht sin Seeleschmätter. «Unn eu sott ii dä Frielig ghomfermiere!»

Si mönd am nöörschte Sunntig grad nomol sii Predig, di neu, schriibe. Dro chöms scho uus, öb wider aas bschiissi oder au nid ufpassi! Är luegi scho ab der Chanzle, öb aas schtenografieri! Är wott numme hööre! Dro entloot ers und saat ene nid emol adie hüt! Schtolziert aamfacht usse! Hinnedrii aa Gjöhl! Und es wüürt drufloossplapperet. Aber, im Mareili isch es numme drum; em isch d Schtimming verdoorbe! Doo liferet me e rächti Aarbet ab und den gohts am eso! Me wüürt no schlächt häregschtellt! Dihaam nimmts de Schaffschuurz und rennt d Hofwis derue zu der Mueter i d «Chüürbse». Si ischt am «Erbräche» von Räbschössli. So saat me dem: Si butzt ab, wa kani chläine Trüübli hät, da d Räbechraft cha a s rächt Oort goh! D Hutzle ischere vüregrutschet, und si schiebt si zrächt, wo s Mareili aazschtürme chunt. «Wasch looss? Dir prässierts alläg wäg em Znüüni eso?» Aber es Mareili platzt usse mit sim Erläbnis und chlagt der Mueter alls! «Joo, är söl no choo, wesoo söttisch ka rächti Predig chöne schriibe? Häsch doch der Schuel au gueti Ufsätz gmacht. Häsch jo nid emol aas von Heftere mit haam überchoo. De Lehrer läsis als Biischpil voor, hät mer eerscht d Schtubewiirtin verzellt.» Si sitzed e Rüngli ab und nemed en Mumpfel Znüüni.

De ander Sunntig isch choo, aber de Pfarer isch no nid erschine im Hinderdoorf. «Schriibsch halt dro hüt nid so gschruubet», maant de Vatter. Aber, es Mareili loset au däre Predig guet zue, suss täät-er aanewäg tenke, är häi doch rächt ghaa!

Wos us der Chilche chömed, renned der Tante Roose iri Chind d Chroogass dervüre, enene Mueter säis nid guet. Si ligi im Bett und de Vatter säi nid ome. D Mueter und s Mareili gönd mit und si send, da me mo en Tokter hole! D Tante Roose phauptet, si häi e Muus im Bett ghaa. Si häi si jo gschpüürt zable!

Aas goht is Gmaandhuus vüre goge telifoniere, und de Tokter Wäibel vo Halau chunt glii derthär. «Die Frau hät e liichti Berüering ghaa», schtellt-er fescht, und schprützt ere naamis. Si mo ligebliibe, chöönt au gaar no nid uf, aber d Mueter bliibt däi und lueget zum Rächte. Amel au vorläuffig. Die Chind sind jo numme so chläi.

Dihaam schriibt es Mareili au die Predig und giit si am Ziischtig ab, we di andere au. Äs hät e guet Gwüsse! Schafft bis am Friitig wiiter, wa chunt, und isch gschpanne, wes ächscht im Unterricht göng? Wider chunt de Pfarer mit em Biigli Hefter ie, wider laat ers zeerscht uf de Tisch und, es goht vo neuem looss! Es Mareili cha lang säge, äs häi gloset und gschribe nohär; dä tunders Maa wott da aamfacht nid glaube! Iez cha äs es Brüele numme verhebe und rennt zum Zimer uus und haam. Dervo, us-em Unterricht!

Zoobed, d Mueter macht graad es Füür aa im Chuchihäärd, chunt de Härr Pfarer derthär! Si haasst en Blatz nee der Schtube und macht iri Sach i aller Seelerue wiiter. Haasst es Mareili e Zaane vol Schiitli hole und loot de Pfarer zur offne Schtubetüre-n-uus schwätze. Wo s Mareili mit de Schiitli aaruckt, ghöörts d Mueter säge: «Da Chind hät scho immer e guet Gedäächtnis ghaa, Härr Pfarer. Dasch alls! Bis iez hämmer üüs aliwil chöne freue drüber, aber Si mached am Soorge!» De Pfarer sitzt uf sim Schtuel mit überenandgschlagne Baa und verziet e wengili s Gsicht. Graad überzoge siet-er nid uus! Es Mareili entschuldiget sich, wils am Morge hamm säi, vor da d Schtund ome gsi säi; de Pfarer tuet kan Muggs! Schtoht zmool uf und frooget, wo de Härr Surbeck säi? Woo ächt, om die Ziit, tenked bäid! «Im Schtall unne, Härr Pfarer», giit d Mueter ome, «wüürt glii grä sii. Taar ich Si zum Kaffi iilade? Dro chömmer rede mitenand?» De Pfarer nimmt d Iilading aa, und scho glii sitzed all bem-e Milchkaffi und pröötlete Härdöpfel. De Pfarer phackt zümftig ii! Sone Rööschti häi är no nie ghaa! D Mueter schöpft im grad nomol noo, und dro, wos vo Maa zu Maa reded, de Vatter und de Pfarer, gohts nopment locker. «Send Si, Härr Pfarer, üsi Chläi isch immer e gueti Schüeleri gsii. Wesoo sött si ka Predig chöne nooschriibe? Hol-ene grad emol iri Züügnis?» Wo de Pfarer driilueget und bletteret, saat de Vatter schtolz: «Glaubed Si iez, da mer kani Schpück triibed im Hinderdoorf? Wisewii sinds doch au guet, oder öppe nid? Wägewaa hocked Si au üüsem Chind eso uf? Da wett ich iez wüsse! Wägewaa?» «Jo, me hät mir halt eue Mäitli anderscht häregschtellt, weder das allem aa ischt, doo, won-ich miini eerschte Huusbsüech gmacht haa. Iez mon-ich iisäh, da en Pfarer nid alls cha glaube; da halt alläg i so-me Döörfli öppedie de Niid durechunt!» Und de Pfarer entschuldiget sich i aller Form. «Guet, mer nemed Iri Entschuldiging aa und hoffed im wiitere, da so Klatschmüüler sich i Zuekumft bsinnid, vor si e Mäitli in-en schlächte Ruef bringid!»

I dem Johr zwüsched em Schueluustritt und der Komfermazioo vom Mareili passiert allerhand; Gfreuts,

Uugfreuts und Truurigs. Demitte im Heuet, es Mareili isch am Samschtig dihaam und butzt graad e Pfäärten-uf, wo de Chueret s Huus ufgmacht hät, rennt sin Guseng, de Wäibelkarl derthär, ganz verschtöört! I ener Chuchi ligi d Mueter, also d Tante Roose, tood am Bode, en verschlagne Milchhafe dernäbed! Öb s Mareili wüssi, wo d Mäitli, eni Zwilling, in Räbe säjid? «Si sind im Churzewäg», saat äs verschrocke, «si göngid däi no goge de Tag uusmache mit Uusbräche in Räbe; am Meendig möi-me i s Heu.» De Karl rennt, wa giisch, wa häsch de Hinderwäg uf und holt siini Schwöschtere, wo nid chönd glaube, wan-er-ne prichtet. Aber es isch wohr, und scho am nöörschte Ziischtig isch d Liicht. Mi hät chuum derziit derzue und cha sich nid emol rächt abgee mit allne Verwandte, wo draachömed! S isch bedenklich, tenkt es Mareili, aliwil chunt zeerschte d Aarbet ben Puure!

Vo däi aa gutschiert de Onkel Wäibel mit em Karl und de bäide Zwillingmäitli elaa! Waa bliibt au anders überig! Är schtoht ziitewiis sälber in Räbe goge hefte, und alli mönd fescht hinder all die Aarbete, wos giit!

Öppedie taar s Mareili dene Mäitli goge hälffe d Wösch mache, und si träged si dro is Hinderdoorf und tööred si uf em Blächtach, be der Tante Bärte, wo jo d Mueter vom Mareili ischt, ufhenke. Und mangsmol böglet si dro d Mueter no am Oobed mit irem iiserne Bögeliise, wo-me no mo glüejigi Chole driitoo!

Glii nohär, am-e Sunntig, chunt de Onkel Ärnscht vo Waldshuet uf Bsuech is Hinderdoorf. Är hät wider e Frau gfunde für sich und siini dräi Chind. E gueti, liebi. Scho si verschtoorbni Frau hät si kennt ghaa! Mi häi jo chuum chöne rede mitenand a der Liicht vo der Roose, und iez wett är ene en Voorschlag mache: Är häi e Wuche Ferie z guet, und cheem i der Äärn choge hälffe. Aber, si möjid em verschpräche, dan-er dro es Mareili töör e par Tag zu ene haamneh! Da Chind sött au emol tööre Ferie mache! Und s hät gchlappet! Me hät de sälb Sommer e schööni, sunnigi Äärn ghaa und isch derwäge glii grä gsii, und Emd häts wenig ggee.

So chärelet iez es Mareili mit der Tüütsche Bundesbahn uf da Waldshuet abe, über de Zoll be Ärzinge, und hät im-e Kofer nid blooss siini Kläider, derfür e Puurebroot und en ghöörige Schnitz Schpäck! Wo a der Grenze zwee Zöllner erschined, so ghäit im schier s Härz i d Hose-n-abe vor Angscht! Jee, wenn iez die de Kofer ufmached? Aber si säged no, wa da säi doo? De Väschper? Und äs verzellt, äs fahri zum Onkel, em Ochsner Zollufsäher, uf Waldshuet, und scho saat kan e Wort me. Langed no a s Chäppi und hauets wiiter dur de Wage!

Und es Mareili erläbt schööni Täg i siine Ferie und gnüüssts! D Vroni isch uugfähr i sim Aalter, de Heinz e par Johr jünger, und de Ärnscht ischt der Schwiiz in-ere Lehr. So taar äs sii Zimer haa. Si wohned im-e schööne Huus, wo im Onkel Ärnscht ghöört, an-ere Haalde usserhalb, schier am End vom Schtädtli. Zringelom au Lüüt vom Schwiizer-Zoll. Und si gönd schier all Tag naame häre mit säbne Chind derbii. S aantmol in Rii goge bade, s andermol is Schtädtli und lädeled. D Waar ischt vil billiger als der Schwiiz, und für füüf Maark hät es Mareili glii e Par wiissi Schue an Füesse, wo au passed zum wiisse Röckli mit de blaaugschtickte Blueme druf! Und no naamis ischt anderscht! Me saat nid «grüezi» z Waldshuet. Me schtreckt de rächt Aarm und chrääit: «Häil Hitler!» Da möi-me iez, au der Schuel! Und all Morge singi-me zeerschte e Lied: «Die Fahne hoch», und so wiiter, eerscht dro fangi de Unterricht aa.

Au wenn si Schwiizerchind säjid, möjid si mitmache! De Hitler säi de «Führer» von Tüütsche, doorom! All Morge ghöört es Mareili Tagwacht bloose für d Soldaate! Hend am Waald überenne d Kasärne. Und zoobed töönt de Zapfeschträich ennedure! Und we die schtramm derthärmarschiered! Und alls schtreckt de Aarm, we-me mo draa verbii und macht de Hitlergruess! Es Mareili machts noo und hät de Plausch draa, schickt sogaar e Chaarte haam mit em Hitler druf, won-im grad e Mäitili en Bluemeschtruus giit. Und hät no ka Ahning, wa uf der Wält schpööter looss ischt!

Am eerschte Auguscht fahred zoobed all Schwiizer mit der Fähre über de Rii und fiired in ere Schwiizeroortschaft. D Vroni hät e schööni Schafuusertracht aa derzue. Und sött ufsäge uf ere Büni. Aber, si hend be där Hitz en Risetuurscht, und aaschtatt e Blööterliwasser hät ene naamer Säkt iigschenkt, und si hend-en abegläärt und ka Ahning ghaa, das Alkehool trinked. Und dro hät da Züüg numme guet klappet mit Gedicht und so, und de Onkel hät gschumpfe nohär, bis d Tante iigschritte-n-ischt, da säi doch nid so schlimm! Aber dä Purscht, won-ene dä Schträich gschpilt hät, ischt nid uugschtrooft dervo choo! Hät sälber en Ploder iigfange und ischt bem Haamfahre in Rii ieghäit, da-me-n hät möse ussefische!

No z glii sind die Ferietäg omegsii, und iez isch s Mareili halt wider dihaam. Und verzellt! Und d Mueter loots verzelle; freut sich mit-im, das emol e Abwächsling gha hät!

Am-e Samschtig mos iez amed i d «Chroone» vüre im Kläärli goge hälffe butze. Es erwaartet e Chindli und mo sich besser schoone. Ischt froh, wen Hülff chunt! Und immer no gliich lieb mit em Mareili, we früener! Doorom hilft äs gäärn. Aber wo d Ziit uus isch und es Kläärli in Schpitool mo, so gohts lätz! Da Chindli wott und wott nid uf d Wält choo, und vier Tag schpööter holt en Tokter da Büebli, aber z schpoot! Es läbt numme!

Ganzi elf Pfund schwäär, schier we e Haljöhrigs, liits im Säärgli, wo s Mareili da Büebli no taar aluege! Und de Robärt traat da wiiss Säärgli under em Aarm in Tootegaarte und isch verzwiiflet. Und alli sind truurig. S isch de Morge am elfi. Im Kläärli häi me im Schpitool naamis ggee, das d Ziit verschlooffi. Aber, punkt elfi verwachets und brüelet sich schier z tood! Sovel duregmacht und ka Chindli! Hend sich so gfreut und hettid iez en Schtammhaalter!

De Robärt loot es Schtubewägili verschwinde und alli Sächili, wo s Kläärli paraad gmacht hät. Aber, wo äs us-em Schpitool haamchunt, so ischt de eersch Wäg uf de Fridhof! Mönd schtillhebe draa verbii! Iez mönds mit enem Schmärz fertig wäärde und d Hoffning nid ufgee!

Im Mareili bricht schier s Härz, und s hät Verbaarme mit sir Schwöschter. I all Chindewäge lueget da Kläärli! Und neemer cha hälffe!

Und s Läbe goht wiiter! De Herbscht und de Winter chömed, alls goht we suss au. Me herbschtet, me lüücht Runggele und tuet Öpfel abe, schüttlet di letschte Zwägschte von Bömme und hät all Oobed z tond mit Öpfel bschääre zum Teere. Und Bire und Zwägschte. Me loot nüüt omchoo, und da giit Aarbet! Uf der Laube hanged totzeti Liineseckli mit tüere Bohne und Schnitz und verzuckerete Zwägschte drii, no vom letschte Johr.

Aber, me hät nid all Johr sovel Gfell und ischt froh om Voorroot. Und giit au no in Verwandte der Schtadt dervo. Und d Noosüechlete von Truube hät di letscht Gomfitüüre ggee! Immer findt me schpööter amed no vergässni Truube, und sälb sind di beschte! «Iez hemmer e Bücki vol Gomfi», saat d Mueter, wo si s letscht Glas versoorget. Und e Bücki tuet fufzg Litter! Aber no all Johr ischt sovel ggässe woore!

Und zmool schnäit s! Scho im November! Und ischt so chaalt, da-me zoobed mo Bettfläsche i d Better too, und im Oferohr hät e jedes sin Chriesisack! Und nimmt-en no so gäärn mit i s Bett! Me cha halt no der Chuchi und der Schtube a d Wermi. D Chammere sind iischaalt und an Fenschtere giits Iisbloome. «Wüürt nid grad aahebe für guet, scho iez», maant de Vatter. Är gwermt sich uf der Chuuscht, aber d Mueter chunt derthär mit em-e Hoh, wo de «Pfipfiss» hät und haasst-en, es Johannissööl ab-em Chäschtli neh! Dem Hoh möi me da in Schnabel lääre! Gschnäller gsaat als gmacht! Es gaggeret haaser und wehrt sich, schluckt aber dro und isch par Tag schpööter wider gsund! Hät aber all Tag drüümol überchoo dervo!

 De Unterricht ischt au scho lang wider aaggange, und iez isch es doch e wengili besser mit dem Pfarer, sid-er mit de Eltere gschwätzt hät. Es Mareili isch ufgschosse und chrachmager iez. De Schtamm-Ärnscht saat-im bloos no «d Libälle» derwäge. Dä isch au z grooss iez zum d Fass butze, we amed früener! Iez mo da de Max, im Emmi sin Bueb. Hocket no so gäärn bem Grosvatter! Und au s Marliisli schtüüret allpott derthär vom Underdoorf, mangsmol chömeds hinderuggs om de Huusegge, und dihaam waasst d Mueter nid woo das sind, und es Mareili chärelet uf em Welo zum Emmi und giit Bschäid. Nid, das wider aas suechi vergäbe. S säjid bäid be der «Grosi». Jojo, der Mueter saat würkli alls zeme Grosi, sid si aani ischt. Sogaar no de Vatter! «Säg-der iez dro au Grosätti», hät d Mueter troche gsaat doodimol, aber es hät nüüt gnützt.

De Winter aber hebt aa, und es wienächtelet scho. Es Mareili taar uugschtöört undertags an-ere Lismete sitze und freut sich drüber. Und de Vatter chunt uf d Wienacht e schööni, bruuni Wäste über, mit eme Zopfmuschter drii und unne und obe Täschene. Aani für d Brülle. Iez laat-er de Zwicker numme-n-aa. Hät e Brülle zuetoo. Und mangsmol hät si sogaar no d Mueter uf der Nase!

Die schueschteret wider Finke zwäg und me häts gmüetlich der Winterziit. Mo nid verusseprässiere und am Morge cha-me weng lenger ligebliibe. Drüber isch es Mareili au froh; äs hät i letschter Ziit mangmol s Buuchweh, wo aber amed wider vergoht. Neemer lueget grooss ome derwäge. Aber, am-e Sunntig, wüürts im so gschpässig. Hät au wider s Buuchweh. Mo aber damol bräche und isch im schlächt. S wott und wott nid noogee mit dene Schmärze! Äs chrümmt sich efange und chas schier numme uushaalte! D Mueter schickts i s Bett und macht en Gramillethee, aber alls nützt nüüt, und, wo s Kläärli derthärchunt, so gohts grad wider und prichtet im Tokter. E Schtund druf ischt es Mareili scho z Schafuuse im Schpitool! Und wüürt gopperiert. Häi Blintaarm! Da goht Schlegel wa Wegge! Es merkt nüüt vo allem, und wos us der Narkoose verwachet, so liits im-e Bett und s isch im no meh schlächt weder vorhär. Mo woorge und chunt e Schale über derzue. E Chrankeschwöschter isch biin-im und saat: «Dasch ganz normaal, dasch blooss d Narkoose, wo usse mo!» Es gschpüürt im Buuch de Schnitt, aber es ischt zum Uushaalte. Zringelom schtönd no meh Better mit luuter Junge drii. Wo s Ergscht dure-n-ischt, so hät mes äigentlich no ganz glatt mitenand! Aas hät en Gips am-e Baa und chunt all Tag Läbertraan über. Da, uf der lingge Siite vom Mareili, hät gschnittni Mandle. Zu dem chunt de Tokter Rümbili. Dä kennt es Mareili! Zu dem häts scho mangsmol möse i d Schtadt i siini Praxis; alimol, wenns wider de Schtiirnhöhlekataar gha hät. Dro hät-er em amed da Züüg ussegguslet! Ischt ixmol mit so-me lange Dingsdoo i d Nase uegfahre, da-me gmaant hät, är chöm bis is Hirni ue.

Und iez siets dä Tokter, und är kennt es Mareili sofort wider und gschpasset mit im! All zeme sind ganz verschosse i dä Tokter! Da säi son-en schööne!

Zum Mareili chunt all Tag de Tokter Bileter. Dä hät äs gopperiert! Är riissts amed a de lange Zöpfe, hauts vo Bett zu Bett, und ame Dunnschtig chömed no jungi Assischtenzäärzt mit-im; en ganze Ratzeschwanz! Dro mönd die Mäitli amed gigele hinderuggs, und singed hinnedrii: «Chlääb und Bläss und Schtier und Schtäärn, chöömed no, mir gsend eu gäärn!» Und d Schwöschter, wo-n-e Tracht und e Huube aahät, schüttlet de Chopf!

Und alli planged uf d Bsuechsziit! Dasch en Betrib! Sicher all chömed Bsuech über, au s Mareili. Und Blueme! Nägili, im Winter! Aber zoobed rummt d Schwöschter alls usse und schtellt am scho e Schüssle mit Wäschwasser für de Morge uf s Nachttischli! Jaa, im-e Schpitool gohts schier we im Milidäär! Alls hät si Oorning! Und lache mo me mangsmol ab aanere. Ame Morge hät si de Tokter gfrooget, öb si «Wind» gha häi?

Macht si: «Häjo, s Fenschterflügili ischt äbe offe gsii! Die Tschaute!

So goht d Ziit ome im Schpitool, und aas oms ander cha haam. Au es Mareili töör da, scho am Samschtig, und dä isch hüt! Aber, wo am Morge d Schwöschter de Fiebermässer ablist, schüttlet si de Chopf und loot de Tokter choo. Dä findt äigentlich nüüt, misst sälber noo und wott es Mareili dro nid eso entloo! De Vatter mo elaage haam und hät doch schier nid derziit ghaa zum choo!

Scho geg-oobed chunnt es Mareili grässlichi Schmärze-n-über und chlagt über s Buuchweh! Und mo nomol under s Mässer! De Tokter saat nid vil vorhär, und es Mareili isch froh, wos e Schprütze überchunnt und dro nüüt me waass!

Und liit wider i sim Bett, wos vertwachet! Mit eme Schlüüchli im Buuch! Und hät Schmärze und wüürt im schlächt und woorget wider, und begriift nid, wa au ggange-n-ischt? Neemer giit im rächt Uuskumft, no de Vatter mo zum Tokter. Mit em redt-er drüber. «Mosch iez halt no Gedult haa; s wüürt e par Wuche goh vo etzed aa, bis chaasch haam», verzellt er im Mareili drüberabe. «Jaa, dro ben ich jo vilicht no a der Wienacht im Schpitool?» Es Mareili isch truurig, wo de Vatter wider mo goh, aber da hät kan Wärt, äs mo iez läärne schtillhebe und «jo» säge derzue!

D Wienacht chunnt und es Mareili taar immer no nid haam! Alli chömeds choge bsueche und bringed Gschenkli, aber, dasch halt nid es gliich! Guet, häts im Vatter si Wäste no fertig glismet ghaa vorhär!

Aber me fiiret au im Schpitool d Geburt vom Häiland! Im groosse Saal ischt en risige Chrischbomm grüscht, und me wägelet alli, wo no in Bettere liged, däi ie und schtellts an Wende noo häre. Und fiiret. Schwöschtere singed und d Wienachtgschicht list en Pfarer voor und verzellt drüber. Und alli chömed e Phäckli über am Schluss. Es Mareili hät Bettsocke drii und Guetili, aber es isch halt nid we dihaam und äs mo s Briegge ziitewiis vertrucke. Dihaam wäärs anderscht, au Wienacht, aber halt gmüetlich und eso we all Johr.

Es goht no füüf Wuche, bis da s Mareili haam taar. Und äs hät derziit zum über mangs nooschtudiere! Ärnschts und Haaters! Und äs macht sich Gedanke über d Komfermazioo und de Glaube. Verzellt der Mueter dervo, wo sis bsuecht. D Mueter bsinnt sich e Rüngli und saat dro äärnscht: «Log Chind, da mit em Glaube ischt halt e Gnaad; da cha neemer erzwinge. Du waascht jo vo Juged aa, om wa das goht. Iez mosch Gottvertraue haa, es chunt sicher scho rächt usse! Ich to bätte für-di!»

Zwee Tag vor da s Mareili Geburtstag hät, taars de Vatter im Schpitool hole. Dasch e Freud! De «Ladechöbi» schtoht z Nüüchilch am Bahnhof mit sim Auto und holts vom Zug ab. Ganz elaa schtoht d Mueter im «Loo» in Räbe a der Schtrooss noo, d Räbschäär in Hende. Si hät es Mareili gmanglet und di ganz Aarbet möse elaage mache! Iez isch-i glücklich, da äs wider gsund ischt. Si hebed en Augeblick schtill zum «grüezi» säge, dro schafft d Mueter zue, bis zoobed. Nimmt sich nid derziit, zum iez scho haamgoh. Aber, si hät en Zoobed gricht für alli. Im Oferohr en Täller mit Milchriis für s Mareili, wo no kan Schpäck taar ässe!

Und de Sunntig chunt und s Mareili hät de sächziet Geburtstag! Iez wüürt d Wienacht noogholt, wenn au uhni Chrischbomm! Suss macht ame Geburtstag neemer grooss Fäderläsis, aber hüt! Scho zum Zmorge schtoht en Gugelhupf uf em Tisch, mit rise Wiibeeri drii! Wenigschtens aa Schtückli taar s Mareili ässe! Dro giits Phäckli; de Vatter hät im Mareili, waassdertreu, e hällblau Siidenachthembli gchauft, und d Mueter hät nüüt gwüsst dervo! Und hät i irem Phäckli aas vo roosa Bauel! «Soo, iez häsch aber Hember gnueg», gschpasset de Vatter. «Aber nid hoffentlich wider für in Schpitool», soorget sich d Mueter. Nänäi, im Mareili gohts vo Tag zu Tag besser und de Tokter isch zfride. «Häsch no Glück ghaa mit dir Buuchhöhle-n-Enzündig», macht-er blooss no, und iez waasst äs, waa äigentlich looss gsi ischt. Im Unterricht mos zümftig noohole, aber äs schaffts. Dihaam wüürts no e wengili gschoonet und so häts derwiil.

Am-ene Rägetag taars mit der Mueter i d Schtadt. Si chauffed d Komferaalegi und no en neue Sunntigsommerrock und e wiiss Hüetli derzue. Jaa jo, no der Komfermazioo goht me mit eme Hüetli aa i d Chilche! Und loot d Zöpf au numme abelampe. Mi macht en Trüdel oder schteckts suss uf! – So wotts d Moode! – Und me taar es häilig Oobedmohl nee. Isch erwachse. Taar vo däi aa au uf de Chilbitanz und so! Jaa, es Mareili hät au siini Tröömli, aber vo säbne verzellt äs nüüt!

De Tag vo der Komfermazioo ruckt aa. D Mueter hät all Hend voll z tond. Hät gchüechlet und Häfechrenz pache. Richt en Riseproote in Ofe am Palmsunntig und hät suss scho gricht, wa si hät chöne! Si häts am schtrengschte. Gotte und Götti sind iiglade zamt ene andere «Helftene». Dasch an Trubel im Hinderdoorf!

Es Mareili tischet no für alli uf de Zümis veruus, laat d Särwiätte schöö zeme und druf chläini Bluemeschtrüüsli von eerschte Früelingsblüemli. D Noochberi vo der Hofwis häts im gschenkt. Dro gohts i si Chammer und richt sich für i d Chilche. S isch Ziit derzue. D Komfermante mönd vorhär i s Pfarhuus. Äs lueget in Schpiegel und s chunnt im gschpässig voor. E schwarz Triggoröckli, schwarzi Schtrümpf und schwarzi Schpangeschüeli vo Lagg. We an-e Liicht! Es Noochbers Doora wüürt au komfermiert und schuenet mit em Mareili s Doorf dervüre. Si zaaged enand eni Aarmbandührli, wos vom Götti übercho hend, und muschtered eni Aalegi verschtole. Im Pfarhuus, überobe, schtoht de Härr Pfarer scho fertig aaglaat doo, ime schwarze Talaar mit eme wiisse Bäggli. Wo all Komfermante doo sind, chömeds di letschte Aawiisinge-n-über. Wes sölid i d Chilche-n-ielauffe, immer zwaa und zwaa. We d Bankoorning säi und überhaupt de ganz Ablauff vo däre Handling!

Dro ghöört me d Chilcheglogge lüüte! Si waarted en Rung, bis d Lüüt der Chilche sind. Und wundered sich, we d Buebe gschniglet uussend! Und d Buebe schääched uf d Mäitlisiite und grinsed aafäältig, we-mes draa verwütscht! Und all zeme hend Uhre aa und lueged zimmli uffellig allpott druf!

Dro sinds draa! I Zwäierkolonne marschiereds hinder em Pfarer häär und lauffed, an Grebere dure, i d Chilche-n-ie. De Gang dervüre und i di gresärwierte Benk. Send en schöö gschmückte Taufschtaa divorne. Und uf der Chanzle en Bluemeschtruus. Aber hüt schtiigt de Pfarer nid uf d Chanzle. Är schtoht näbed de Taufschtaa, list e Bibelwort, loot singe und prediget churz. Är manet siini Komfermante, si sölid nüüt vergässe, was gläärnt häijid und im Läbe gueti Chrischte wäärde.

Dro schtoht es Mareili zmool im Kräis mit de andere vor enem Pfarer vor em Taufschtaa. Si säged de «Glaube» uf mitenand und singed: «So nimm denn meine Hände und führe mich, bis an mein selig Ende und ewiglich.» Dro isch-es sowiit! Aas oms ander tritt zum Härr Pfarer. Jedem laat-er d Hand uf de Chopf und sägnets. Giit jedem e Wort us der Bible mit uf de Wäg. Iez chunt s Mareili draa! Däi schtohts, di lange Zöpf mit de schwarze Maschle draa hanged-im über de Rugge-n-abe. Däi schtohts, tünn und ufgschosse, en Mentsch, wo no di ganz Zuekumft vor-im hät!

De Pfarer sägnets und giit im de Schpruch mit: «Wer mich bekennet vor den Menschen, den will ich auch bekennen vor meinem himmlischen Vater. Wer mich aber verleugnet, den will auch ich verleugnen vor meinem himmlischen Vater!» Wos a sii Blätzli zruggtritt, mos briegge.